上海诗词

诗立潮头

上海诗词系列丛书
二〇二〇年第二卷·总第二十二卷

上海市作家协会/主管
上海诗词学会/编

上海三联书店

《上海诗词》编委会

目录

闵行纪行

江川街道采风作品汇集

我爱石库门

主题征稿活动作品选

目录

诗国华章

海上诗潮

目录

诗坛耆宿

纪念周退密先生特辑

[诗词]

[专稿]

[周退密诗词选]

诗苑纳新

目录

风云酬唱

【灯韵唱和录】

【百岁唱和录】

九州吟草

观鱼解牛

闵行纪行

江川街道采风作品汇集

● 胡晓军

庚子初夏访老闵行（2020年7月）

古藤园其一

邑号传三代，园成千禧年。
牌坊昭世德，藤蔓仰先贤。
移古从今鉴，取微由著牵。
亭前东隅望，几叶海舟扁。

（1）三代：闵行于元代正式得名，经历了元明清三个封建朝代。（2）千禧：古藤园建于2000年，园中移存了老街牌坊、古井等。（3）亭前：园中高处有亭，若在千年之前望东，今日繁华上海，还是一片海滩。

古藤园其二

藤老知初夏，新生叶满天。
渡成八百载，容得五方船。
昔帝曾拴马，今人待赏莲。
月光知福地，早至我来前。

（1）藤老、昔帝：闵行沙岗千年紫藤，今在古藤园中，旁为乾隆驻马小憩之所。（2）福地：闵行成市以来，从未遭遇旱涝水火自然灾害，因有福地之称。

初至闵行

江曲作摇篮状态，殷勤留客驻舟车。
长街闹市樽前晚，一枕甜眠海上初。
岗上藤枝千度结，云间鲈味几回渔。
游人未识李安子，诗意已知宜此居。

（1）摇篮状态：闵行位于浦江上游，弯曲呈摇篮状，似有殷勤留客之意。（2）沙岗有千年紫藤，至今生叶开花；闵行有四鳃鲈鱼，最近养殖成功。（3）李安子，清代闵行才女李媞，号安子，有诗名。

庚子初夏访老闵行

谁道歌诗在远方，幽情壮怀此间长。
始皇驰道今安在，一号樟街长有香。
南向观潮消复涨，北来访客忆难忘。
早闻海派自洋场，始悟芳源出闵行。

（1）始皇驰道：相传闵行有秦始皇时代所筑的马车道。一号樟街：20世纪50年代闵行卫星城建设，开辟“一号街”，以香樟为行道树。（2）海派：闵行在明清两代即为“五方杂处”的重镇，从国内移民史和海派文化史的雏形看，其远在上海“十里洋场”之前。

题聚龙桥

逶迤横沥水清清，近浦南桥初有亭。
青石仿虹风复雨，行人如织日兼星。
旧传出水得双鲤，吉报登科酬五经。
当下鱼龙全镇是，且斟茶满告君听。

相传清朝名士李林松赴京赶考途经聚龙桥时，遇双鲤出水，视为大吉兆，后果中进士。如今闵行人才辈出，佳士聚集，为经济腾跃、人文荟萃之地，“鱼化龙”“跳龙门”之事举不胜举。

读李媞申江十景

元来尴尬待潮眠，造就云江别有天。
修得渡成八百载，商来镇领五方先。
诗词长咏传奇在，风物已随时代旋。
一枕李家才女梦，不添尴尬更增妍。

（1）尴尬：此地有古谚云“尴里勿尴尬，闵行要过夜”，指此地位于浦江中游弯曲处，航船车马途经此地，常需等待潮汛、躲避风雨或歇息解乏一晚后再行，长此以往，渐成繁华集镇。（2）李家才女：闵行诗词鼎盛，能诗会赋者极多。清朝进士李林松之女李媞有《犹得住楼诗词稿》三卷300余首，其中《申江十景》抒写当时风物民俗。李媞因姻缘不佳、心情低落，终于投水自尽，年仅二十五岁。其才华与薄命亦可称“尴尬”之人。

闵行四大金刚

不是庙中泥塑官，也非早上庶民餐。
新中国立东方始，大重工移南浦端。
第一街通集市闹，十三楼起广居安。
万吨水压机犹在，长作国之重器观。

新中国成立后，上海的部分重工业南迁。上海电机厂、上海汽轮机厂、上海锅炉厂和上海重型机器厂齐聚闵行，均为国家能源、制造重器，被称为“四大金刚”。1959年以78天建成了与“四大金刚”相配套的闵行一号街以及沿街13座楼房，奠定了闵行机电工业区和卫星城的基础。

思佳客　上海闵行经济技术开发区

一自东风吹满江，沪南名镇意扬扬。五三顷地兴经济，四十回春汇贸商。　千百载，吾家乡，开来继往势泱泱。更期后浪推前浪，不负从来称敏航。

（1）一自东风：开发区创建于1983年，是国务院批准的全国首批国家级开发区之一。（2）五三顷地：开发区占地面积3.5平方公里，相当于53顷。（3）四十回春：开发区在近40年（38年）中累计引进外企158家，累计引资22.25亿美元。

杏花天影　庚子初夏访老闵行

香樟如带南江浦，伴千百年来义渡。初闻故事与新情，风动老街时，为我驻。　富强路，齐歌并舞，再创业同甘共苦。又逢花满古藤枝，恰值好前程，梦现处。

● **杨绣丽**

古藤园

古藤花下一枝开，冠盖虬龙映绿苔。
石础沙冈今壁照，云间望海碧浪回。

江川香樟

浦泾横沥草披茵，新景连诗寄翠春。
茂密香樟林荫处，江川回望是千辰。

● 孙 玮

老闵行采风

江川自古称门户，掩带淞吴据要津。
惯看狂潮浮日月，尝听旧巷隐龙麟。
诗书代有掣鲸手，节孝乡多报国人。
奇迹再成今胜昔，神舟飞渡写无垠。

新中国建立后，老闵行逐步发展成为航天飞船研制基地。

咏明植沙冈紫藤

叶落花开五百年，栽花只道是前贤。
枯藤沐雪枝方劲，紫气催春蝶更颠。
但恋云间东沥水，空回陛下北巡船。
江川若有知音在，石上三生续旧缘。

相传乾隆下江南，有将此藤北移御花园之意，终未遂愿。

● 钟 菡

闵其墓

儒门行客醉烟霞，长爱江南已是家。
青史难寻遗迹在，百年风雨动蒹葭。

古藤园

龙蟠应是有仙根，紫竹移来半映门。
莫道晚生难摹古，举头壁上有诗痕。

● 邓婉莹

古藤园即景

闵行有古藤园，园小而巧，内有明董宜阳手植紫藤，又移积翠、节孝二牌坊并宋井栏等于此，虽为新造，俨然古迹，更辟茶室于水榭，对景品茗，闲话人生，寻常百姓，亦得王谢之乐矣。

蔽日紫云今未逢，泠泠积翠对清风。
遥闻水榭喧声起，旧事新闻一盏中。

上海汽轮机厂见闻有感

前身闻说是风神，筚路当年衣满尘。
中道扬鞭飞骑去，初心长念拓荒人。

（1）风神：最早的蒸汽汽轮机雏形又称“风神轮”。

（2）中道：我国汽轮机发展起步较晚，后发而先至，上海汽轮机厂产量居于世界领先。

● 李建新

三菱电梯

放眼浦江东与西，高楼林立与天齐。
人心凝聚成钢索，时代提升胜电梯。

老闵行古藤园

虬枝见证不须寻，花谢花开紫气深。
园外沧桑多巨变，古藤无语自成阴。

赞闵行四大金刚老厂

锅炉机器又逢春，滚滚前行转汽轮。
时代阳光能普照，金刚老厂更精神。

老闵行历史陈列馆

老区接力更前行，进馆来听脚步声。
历史变迁留印迹，一条街化一新城。

● 姚国仪

老闵行历史文化陈列馆

闵行原是古冈身，水陆通途踞要津。
历尽变迁生异彩，风云沪上焕青春。

李　媞

红颜命薄泪婆娑，廿五芳龄一挽歌。
遗稿尚留三百首，吟魂归棹踏江波。

上海汽轮机厂陈列室

辉煌厂史忆当初，四大金刚名不虚。
制造业连中国梦，宏图远景后人书。

古藤园

蟠龙虬干覆浓阴，青紫花香满袖襟。
近五百年风雨后，故人犹可慰乡心。
古紫藤为乡贤、诗人董宜阳手植，距今已近五百年。

● 董佩君

江川吟

雨歇香樟翠，黄鹂隔叶啼。
青春挥汗处，白发觅诗题。
热土无双誉，银河可独跻。
江流声自远，鹭起月沉西。

渔家傲　江川行

梅雨如丝何处去？江川龙隐盘津渡，忆昔荣光难细数，风满路，翠茏十里香如故。　星月巡游舒袖舞，涛声依旧惊鸥鹭，青春不悔流年度，环四顾，苍天着意留春住。

青玉案　古藤园

阴晴莫测江南雨，入小院，蝉声叙。昔日挥毫联匾在，墨香依旧，诗情如故，谁会凭栏趣。　古藤独绕无愁绪，宋井观天饮朝露。历代沧桑知几许，九天揽月，百川振羽，望尽天涯路。

● **赵红玲**

访闵行江川成诗三首

一、古藤园

小院紫云妍，垂条自入玄。
新枝从鹤舞，古井伴花眠。
篆隶晴寒对，风骚雅句传。
清湖映藤影，缠绕抱红莲。

二、观闵行老街场景有感

老街灯影木棉丰，黄浦滩头富贵通。
娘子铺中忙织杼，九峰望眼过江东。

三、春申江畔今昔

曾经沙舫羡龙舟，技勇喧声高渡头。
沪上金刚交异彩，而今天际展风流。

上海闵行江川有四大金刚，上海电机厂、上海汽轮机厂、上海锅炉厂和上海重型机器厂，曾在20世纪五六十年代代表着“上海工业”的高度；辖区内创办于1921年的上海航天设备制造总厂，目前更是承担着我国航天事业中的许多重任。

● 张玉梅

闵行江川社区采风五首

一、尚义桥

如见袅炊烟，湖平阡陌延。
蒋公桥脉脉，莺窦水绵绵。
宁解乡湖溢，何荣一姓传。
南洋宏尚义，代代聚群贤。

二、古藤园

小园升紫烟，董氏雅情延。
暮霭丹霞寂，晨曦雨瀑绵。
乾隆皇马驻，节孝烈名传。
望海星云散，亭高集众贤。

三、马桥文化

驰道始皇烟，马桥文化延。
鮰鱼桃色美，娘子布声绵。
竞渡龙舟荡，斗歌吴曲传。
阑珊灯会后，鲤跳出龙贤。

四、施公闵行秋日纪事

夕照笼轻烟，航船隐约延。
江涛声汩汩，行客意绵绵。
恍惚神山去，迢遥异事传。
修来三世福，黄歇浦中贤。

五、申城闵行金刚航天（藏头）

申江雪钓烟，城碧古风延。
闵阜文明起，行家事业绵。
金工云骥跃，钢骨电机传。
航路一帆远，天高任达贤。

我爱石库门

主题征稿活动作品选

【获奖作品选登】

● 杨源兴

沁园春　石库门

合璧中西，海派风情，话说百年。是门框以石，铜环待叩；砖墙缘瓦，天井非闲。书案明窗，客堂长桌，立柱牌楼里弄间。可吟颂，凭云雷入住，人事相传。　　当时黯雨如磐。寻救国、英雄天下先。任文章对箭，顽强至底；弦歌负戟，义勇无前。建业初心，为民本色，共产宣言此处看。岂忘却，见屋留遗迹，史勒名篇。

（1）“任文章”句，指鲁迅在山阴路住所。（2）“弦歌”句，指聂耳在常德路住所。（3）“建业”句，指中共一大会址。

● 黄心培

沁园春　石库门中孩提时的回忆
（夹带点上海方言）

伲小辰光，跨出台阶，就是弄堂。记五门邻舍，分层合住；一家烧肉，满户闻香。几个狂童，独精嬉闹，哄哭随伊三粒糖。居虽轧，有交关乐趣，迭世难忘。　　经常扫帚当枪。打勿过、先逃屋里厢。效方言吵嘴，刁蛮阿太；翻修工匠，各种花腔。味道尤思，当时早点：大饼油条加豆浆。今垂老，忆孩提往事，意气仍昂。

● 楼芝英

沁园春　石库门

融汇中西，雕砖青瓦，群立申江。忆燎原星火，源从树德；共青先哲，情定渔阳。老虎窗前，阁楼灯下，一代文豪意气扬。几曾是，海派文学客，俊语厅堂。　　时光荏苒新装。新天地、风情饰旧墙。看弄堂尽处，正烹佳味；晒台杆上，犹晾衣裳。围合相居，隔窗对饮，各自心情各尽觞。算潇洒，遍中原大地，石库芳香。

● 吴祈生

石库门寄情

红砖黑瓦印尘痕，半世平生石库门。
犹忆菜篮咸泡饭，独怜蒲扇大馄饨。
迁流人事悲欢雨，游戏童心岁月魂。
亭子小窗成旧梦，芳情一片寄云根。

● 陈繁华

上海石库门

青砖老瓦失行藏，都市民风俗未忘。
几十年同一闾井，寻常日各两厢房。
潮人踊跃新天地，往事追怀旧弄堂。
栉比楼高城影炫，余踪望志复渔阳。

● 吴中鸣

水调歌头　石库门印记

外滩开埠始，海派遂流形。洋场无夜，人道歌舞醉迷城。黄浦江潮破晓，树德弄堂初旭，倚剑向天擎。低云尽翻墨，暑雨覆雷鸣。　　厦似林，衢如练，是新生。华光处处，银汉泼下一瓢星。亭子间中听笑，老虎窗前守望，邻里胜亲情。梦断钟声缓，巷尾白兰馨。

树德里（弄），石库门建筑群旧称，现为中共一大会址；亭子间，石库门建筑特征之一，沪上有“亭子间文化”一说；老虎窗，即英语 loft window（阁楼窗户）的音译加义译合成，语言上属典型的沪语翻译法案例，建筑结构上亦为中西合璧的石库门典型特征；白兰，即白兰花，街头巷尾有叫卖，是典型的沪上民俗民风；钟声，指海关大楼自鸣钟，报时鸣奏《东方红》乐曲，据称为亚洲第一钟。

● 潘承勇

家访石库门

教师生涯近四十年，经常家访，走访最多的就数石库门的寻常人家，至今难以忘怀。

巷里单车月影斜，铃声惊动众邻家。
穿过天井穿楼道，召唤阿娘召大爷。
灯下励生情切切，案边寄语母嗟嗟。
抬头已见群星灿，归去不忘重沏茶。

● 张宝爱

满庭芳　石库门感怀

海派潮流，吴侬软语，百川融汇成江。画廊茶馆，歌舞闹洋场。黛瓦红砖石库，厢房雅、天井明窗。惊风采，中西合璧，岁月话沧桑。　　思量。犹忆起，人文荟萃，清客盈堂。小楼电波柔，情报传扬。树德里开新宇，旧颜改、挺直肩梁。乾坤转，民强国富，沪上更辉煌。

● 张培连

石库之门

铺首鎏金环镂纹，铿锵百载听雄浑。
藏封何许温柔梦，隐匿几多凄惨魂。
曾见先驱擎赤帜，尝惊勇士睡墙根。
如今广厦凌云月，独守初心叩库门。

铺首，门环底座。

● 郭云财

石库门

记忆童年屋里厢，红墙黛瓦石门框。
咿呀学步追麻鸭，蹦跳读书穿弄堂。
庭院噪蝉三伏热，外婆蒲扇一丝凉。
炊烟起处随心窜，比比谁家饭菜香。

● 张立挺

石库门记事二首

一

裂地惊天气可吞，镰锤从此憾乾坤。
平民女校开新纪，劳动周刊扫旧痕。
红队陈赓丧敌胆，长波李白铸忠魂。
百年海上风云事，史笔深铭石库门。

二

百年海上起风云，从此名扬石库门。
智勇特科歼叛敌，壮悲义曲响乾坤。
每闻故事思前辈，常仰音容激子孙。
岁岁情怀星火地，我吟新句祭先魂。

● 刘永高

西江月 沪上六里寻（组诗）

一、甲秀里

乃见初心挥斥，焉能物事尘封。黎民恒念伟人功，感奋新时铸梦。　　一段浩茫身世，百年如是音容。重光大地太阳红，荡涤风云雷动。

甲秀里，现茂名北路120弄，毛泽东夫妇曾于1924年居住于此。

二、三曾里

黄浦潮听月黯，吴淞江倚时危。非常日子事于兹，檐下人如兄弟。　　救国坚心信仰，忧民乱世流离。繁华咫尺不奢靡，革命先当律己。

今静安区公兴路临山路有中共三大后中央局机关秘密办公地，陈独秀、毛泽东、蔡和森、罗章龙等革命早期重要人物都曾出现于此。当时名为“三曾里”，于淞沪抗战中遭毁。

三、渔阳里

名气无差淮海，市声只属渔阳。厥如诗境水云乡，旧筑民居欧仿。　　石库新风畅拂，昔时故事深藏。世情冷暖说沧桑，但忆霞飞景象。

渔阳里，霞飞路（今淮海中路）567号，建于1917年，为上海著名石库门里弄。

四、麦加里

宅砌荒芜地带，境迁荏苒时光。狄思威路近洋场，且与霓虹跌宕。　　悲壮工潮起义，运筹人物担当。硝烟熄过月寒凉，待到城头日上。

今为麦盛里，虹口区溧阳路965号。弄内有五卅运动后期上海总工会秘密机关旧址及上海三次武装起义时周恩来指挥处等。

五、三德里

三德里寻无迹，几回梦忆如烟。唯将逸事付流年，那得凭谁想见。　　济世名人襟抱，合时文字书刊。相逢道义重山川，一怵疮痍战乱。

老式石库门住宅，位于原闸北宝山路（鸿兴路东）。当年由商务印书馆承租，成为上海文化界人士活动集中处。郭沫若、恽代英、张闻天、沈雁冰、瞿秋白等先后在此活动。1932年一·二八事件中被日军炮火夷为平地。

六、吉庆里

名遂姑苏身影，画尊海派宗师。未泯老缶旧门楣，追溯丹青当世。　　过往风尘水转，淹留市井人知。都因巨擘宅生辉，造访亲聆绝艺。

吉庆里，山西北路吴昌硕故居（缶庐），传缶翁于1912年由苏州举家迁居沪上，次年正式入住于此，海上画派创始人之一。

● 瞿　春

石库门红色印记

青砖不老仗精神，拱券犹坚主义真。
风叩门环伤往事，花熏天井慰前人。
国歌一唱危民醒，党史初开旷古春。
怅望新楼吞旧迹，申城烟火几分纯。

● 褚钟铭

石库门随想

十年未过旧街坊，里弄风情梦也长。
隔壁笑眉新媳妇，傍邻啼夜小儿郎。
三层楼阁聊为屋，一块围帘权作墙。
七十二家多故事，酸甜苦辣可曾尝。

● 季　镔

浅介石库门

沪上民居石库门，中西合璧甚宜人。
客堂天井阖开设，楼上房间前后分。
亭子间由梯侧进，灶披间总数家亲。
晒台晾曝乘凉好，耽读阁楼尤定神。

● 朱育芝

西江月　忆石库门

石库闹中取静，门楣似土含洋。变迁岁月雨晴窗。旧浪新潮碰撞。　　院内友邻相处，坊间衣被飘扬。跳绳踢毽纳风凉。海派乡愁枕上。

● 王怡宁

石库门之夏

蜗居甘苦有谁知，最忆当年酷暑时。
北屋看书桌奇烫，西厢沐浴汗狂滋。
门前蒲扇棋牌乐，户外藤床星斗弥。
烟火红尘风俗画，回眸微笑竟成诗。

● 叶文丽

行香子　石库门忆旧

深巷高墙，雕饰门坊。扣铜环、天井厅堂。虎窗楼阁，板壁轩房。爱门前铺，街沿座，店中觞。　　众生百业，短褂旗装。揖相逢、吴语绵长。露台灯影，炉灶生香。见锅盆响，孩童闹，曲歌扬。

【征稿作品选登】

● 刘鲁宁

石库门风情

一

街头初见卖花娘，小小白兰排一筐。
自此满城烟雨里，年年旧梦为新香。

二

小窗微启溢轻烟，栀子含苞雨色鲜。
最爱此时花好处，香于似有若无间。

三

昏昏灯影旧砖墙，零落盆花小弄堂。
里巷人家动迁去，再无烟火做包浆。

● 许丽莉

石库门记忆二首

一

石臂青砖遮雨雪，红门护我幼时年。
前楼晒被朝阳暖，后灶生炉落日烟。
叫唤声声穿巷过，步拖阵阵顺堂延。
今栖寓所多宽畅，却念红门旧岁迁。

二

石库门缝藏旧趣，回瞻定格彩云天。
皮筋纵画初年事，王字横书幼岁篇。
春暮幼禽衔米粒，秋初促织斗牙拴。
曾时玩伴旬三十，聊念常相小梦牵。

● 欧阳田军

渔家傲　石库门

石库门幽人起早，邻居打闹知多少。鹦鹉携游阿拉窕，开怀笑，天井赛棋和声绕。　常忆弄堂明月皎，青春易逝凭窗晓。小八腊群多勤劳，少执拗，安贫乐道无烦恼。

● 郭幽雯

石库门寄怀

遥忆儿时石库门，青葱岁月度晨昏。
晒台墙角盆花种，亭子间中书课温。
不尽幽思思已远，无边往迹迹犹存。
新楼高耸旧楼没，心底难忘故宅痕。

● 杨毓娟

满江红　渔阳里怀旧

雕饰门头，藏陋巷、赤砖灰壁。虽小院、碧梧犹自，倚东风立。回望百年前夕夜，渔阳齐聚风云客。新青年、星火待燎原，晨光艳。　译奇文，争笔力。寻主义，研良策。守初心不变，大鹏翔翼。敢为人先坚信念，山河已露春消息。男儿志、昂首向前行，谁人及。

● 黄福海

四明邨艺人杂咏（选四）

高振霄

1877—1956，号洞天真逸，清末进士，浙江鄞县人。擅画梅，曾节临《夏承碑》。着有《史发微》。

穷研史汉发幽微，更写红梅伴笛吹。
知否一帘深巷雨，闲观半截夏承碑。

王福庵

1880—1960，原名禔。浙江杭州人。西泠印社创始人之一，精通篆法，博采众长，其细朱文多字印，冠绝一时，又篆《说文部首》，向为学篆范本。

篆法精严部首通，朱文小印最玲珑。
兼师皖浙追秦汉，石库门中第一翁。

陆小曼

1903—1965，别名小眉，江苏常州人。1926年与徐志摩自由恋爱后结婚。擅画山水及仕女。

摩登恋爱领时流，淡墨斜欹仕女愁。
出入翩翩鹣鲽影，四邻翁媪尽回头。

吴青霞

1910—2008，号篆香阁主，江苏常州人。有作品《万紫千红》入选日本画集。擅花卉，尤喜画鲤鱼等。

花锦东传载誉归，红砖闾巷久增辉。
研朱更写沧江鲤，跳出龙门振国威。

● 沈亚娟

石库门文化

红砖镂饰石门遒，开埠魔都时尚流。
墙外梧桐引栖凤，堂中墨客作盟鸥。
师王磋柳凝晖阁，横管吟诗松月楼。
里弄已然扬海派，乘舟圆梦驾潮头。

● 刘笑冰

石库门二首

一

战乱修群宅，伊名石库门。
形兼中外秀，质本九州根。
庐蔽曾沦贱，娱新又复尊。
百年兴百业，凭吊细穷源。

二

血雨侵华夏，醒狮绝地生。
洋场趋赤地，里弄启潮声。
木扇掩贤影，石门镌士名。
千秋功业奠，星火自兹盈。

● 赵　靓

石库门人家

也曾石库门中住，几户人家度日长。
每到餐时烟火旺，一楼炒菜味添香。

● 胡树民

思南路上周公馆

拔云驱雾战旗红，赢得人心唱大风。
巨擘领航横扫孽，泰山高耸仰周公。

● 贺乃文

田子坊

人流如织天成里，不是当年旧弄堂。
远近招徕多海客，周回望处半摊商。
岂惟美酝供斟酌，更有甘鲜恣啖尝。
石库门前青旆展，纵横深巷任徜徉。

● 袁人瑞

访石库门旧居已改造

几度徘徊觅旧踪，儿时在此捉寒蛩。
豪车倏忽驰千乘，广厦崚嶒摩九重。
和睦亲邻思缱绻，温馨烟火忆淳浓。
寻常居舍标青史，石库门中腾巨龙。

● 张佐义

重游南市普育里

父执曾居此，温馨似故乡。
亲情何零替，岁月自芬芳。
联句周公梦，横批紫气香。
只今尊旧俗，红字挂高堂。

普育里在南市，系上海市楹联学会楹联示范点。

● 潘全祥

庚子母亲节与母再忆石库门

来时梢豆蔻，影处树门墙。
满子成荫绿，伤枝渐老苍。
劬劳围石窟，寿乐映萱堂。
七十光阴过，悠悠荣福长。

老母今年八十有七，十三岁离乡来沪，长居嘉善路荣福里石库门七十多年矣。

● 何全麟

石库门情结

难忘儿时石库门，几多欢喜喜重温。
尘音凝睇步高里，绿意归心长乐村。
楼阁清风星恋竹，轩窗疏雨萼盈盆。
都言歇浦晨昏事，合璧中西方是魂。

● 王家林

石库门

雕栏斗室老厢邻，心手相牵石库门。
深锁一堆坊里事，温馨几代浦江人。

● 汤 敏

石库门里的星火

梧桐沿路碧，兆梦又追根。
久住亨昌里，焉知星火暾。
曾经红色报，韬奋旧时痕。
大浪沙淘尽，从头故事温。

我的老屋在上海愚园路亨昌里。是一片新式石库门住宅。建于 1925 年。

● 卢景沛

踏莎行 石库门中播星火

参观中共二大会址纪念馆

斑驳粉墙，弄堂门户，隐藏盛会繁华路。精英斗室议深猷，燎原星火扬宏宇。　纲领新谋，党章初布，前程导向明如炬。喑无声处震惊雷，群情奋起狂涛怒。

● 廖金碧

石库门亭子间

海派亭楼阁，长年老小居。
床边吟燕语，门口烤煤炉。
头枕寒风瑟，地摊稚子呼。
天涯齐倦客，讨运一贫孤。

● 金嗣水

石库门的电波怀念李白

石库门中小阁楼，寒灯如豆电波柔。
深更歌舞浮危石，闹市繁华涌暗流。
横渡大江成竹在，巧穿叠嶂决胜筹。
一声永别从容去，血洒黎明沃九州。

● 雷新祥

愚谷邨吟怀

百年瘿木林荫路，美丽家园愚谷邨。
荟萃名流漫寻迹，弄堂故事久传闻。
曾经播火藏龙地，时尚转身作里邻。
历史斑痕可重读，沧桑变化不由人。

● 张宗廉

鹧鸪天　上海周恩来故居赋

石库门中一市民，久经风雨渐知津。藏龙卧虎胸襟阔，换斗星移手段新。　钦大德，幸为邻。如闻谈笑喜逢春。四川北路永安里，曾住千秋不朽人。

● 王令之

吴兴里王静安先生故居感怀

歇浦百年多旧迹，吴兴里巷总牵魂。
庭前遗物今安在，宅后残垣久不存。
室陋曾经攻学术，堂深往昔探文源。
魁星故事成追忆，最是先生石库门。

王国维先生，字静安，1916～1923年寓居吴兴里石库门。

● 秦史轶

石库门

发圈红砖洋瓦青，厢房天井小宇庭。
濡毫法接山阴道，直笔身犹且介亭。
璇女窗前唱四季，将军闸北耀孤星。
弹硌逶迤逾百载，至今石库惜留形。

沈尹默先生擅诸体犹精“二王”，晚岁居海伦路邻山阴路；鲁迅先生晚年居虹口山阴路，撰《且介亭杂文》等；电影《马路天使》有周璇唱“四季歌”；谢晋元将军率百人御寇至淞沪战末。

● 沈钧山

贺新郎　石库门礼赞

风雨如磐压。念苍生、迭遭艰困，默无吭答。沪市嘈嘈街巷暗，不定行踪纷杂。谁个识、疏星闪眨。岂惧漫漫长夜黑，愤挺身英拔隆灯塔。岩框屋，且容纳。　　隽流石库门中合。祖青春、丹心相照，激情融洽。誓把乾坤来扭转，提挈千千兵甲。声吼处、三山崩塌。翘首天安门上望，砉腾翥满眼和平鸽。喜赤帜，遍皆插。

● 王金山

减字木兰花　石库门颂

申城石库，特色家居民众住。兴业吾邦，石库门中星火藏。　　老渔阳里，北李南陈传主义。圆梦中华，海上排头迎紫霞。

北李南陈，即北方李大钊，南方陈独秀。

诗国华章

● 欧阳田军

水调歌头　庆贺中共建党九十九周年

九九风雨路，中国梦悠悠。江山如画，峥嵘求索泣神州。高铁通夸奇迹，北斗建叹系列，天眼太空搜。神舟去常往，登月未来游。　　青山绿，生态养，小村幽。新颜又变，科技星火更风流。华夏安居乐业，精准扶贫济困，奋斗未曾休。学习中华史，壮志励心头。

● 施提宝

中共建党九十九周年感怀

四十年前廿八龄，举拳昂首对红旌。
世途险阻生涯乐，境遇崎岖心态平。
小草多遭寒气逼，流光一梦雨声惊。
贫身淡泊常知足，早岁誓言犹自鸣。

● 张立挺

朝中措　庆贺中秋国庆双节

庭园扑鼻桂香浓，街巷国旗红。庆贺神州双节，激情直上苍穹。　　笔收新句，诗含心意，胸卷雄风。沐浴秋阳万里，且看大地腾龙。

● 纪少华

喜逢国庆正中秋

国庆喜逢秋月圆，吉祥双节巧同天。
颂歌声里巍千岳，祝酒樽中汇百川。
锦绣神华多壮美，霜凌彩菊盛娇妍。
举头遥向嫦娥问，何日还家访众贤。

● 金嗣水

双节同庆

中秋逢国庆，双节万家欢。
沧海生清气，乾坤聚大观。
烟迷犹自障，潮涌已安澜。
镰斧伐荆棘，远瞻前路宽。

● 潘全祥

庚子双节阖家团圆有记

巡河迎桂兔，驻影满家风。
自疫横行后，相欢聚合中。
同声留夜碧，一笑话秋红。
老母怜膝下，情亲缕缕融。

● 李传芬

庆祝国庆七十一周年

佳节欢欣日，心潮起伏中。
百年英烈勇，一面国旗红。
环宇秋惆怅，神州人乐融。
月圆银汉望，龙翼跃天穹。

● 李震清

桂开中秋

春天不斗芳，生发在秋凉。
月里嫦娥种，人间百姓望。
凌花非玉艳，著树却金黄。
更是露甘后，浮空皆沁香。

● 王晓茂

节庆感怀

一

凉秋有暖节双同，国庆家融赏悦中。
丹桂拂香观朗月，满垂金穗兆年丰。

二

秋高水榭傍荷池，碧落红呈展妩姿。
佳节连连酣乐乐，与谁同醉月圆时。

● 李学忠

水调歌头　庆贺国庆中秋双节同日

瑞庆吉辰日，皓魄又当天，月圆花好人寿，庚子绝殊年。天问银河新旅，遍野金黄稻浪，高铁遂绵延。强国壮军梦，万众谱诗篇。　挺脊梁，担使命，赤心坚。栉风沐雨，前进何惧涌狂澜。抗霸权、除疫疠，百尺竿头振翮。豪气傲尘寰，祝酒向婵娟。

● 刘喜成

沁园春　国庆抒怀

六合风流，千里长歌，万岭溢香。望大河上下，千旗劲舞；长城南北，百姓安祥。商贸繁荣，家和兴旺，九域河山好韵长。看今日，正雄姿亮世，圆梦诗章。　襟怀一路争光。忆风雨潇潇斗虎狼。赞井冈赤子，开怀洒血；延安壮士，淬火成钢。八路驱倭，三年倒蒋，抗美援朝歌曲扬。传习语，助中华崛起，笑傲东方。

习语，指习近平总书记关于富国强兵的论述。

海上诗潮

● 陈鹏举

杂诗三首

一

才似江河气自邕，会心笔笔走中锋。
草台扶起娇无力，字匠声声鱼化龙。

二

高峡寒云暮荡胸，满溪乱石醉推松。
文辞经得流离苦，只向天涯梦底逢。

三

嗒然闻笛哀刘向，蓦地摩碑惊蔡邕。
才思不是寻常物，如握手中三尺锋。

● 刘永翔

教师节述怀

一

温故知新两不长，皋比窃据久惭惶。
老师尊号何堪受，除却兰陵孰可当？

二

腹笥年来减不增，多闻翻羡后生能。
惟馀词赋屠龙技，未解何人肯受承。

三

退闲两载不为师，又返当年困学时。
佳节虽佳非属我，下帷犹欲补新知。

● 刘鲁宁

山　中

谷雨山中宿，农家依翠峦。
采花风一缕，护院竹千竿。
活水鸣沙细，疏钟落日丹。
村醪犹不足，煮茗尽余欢。

中学旧园址题照

校舍空空石凳残，久无人到燕莺欢。
萋萋草木坛花小，只为含香识米兰。

再题四行仓库

八百精忠血筑楼，清樽来祭又新秋。
暮江静似藏锋剑，斜指东溟待寇仇。

狼山广教寺

碧海通州一带烟，支云塔矗大江前。
千年守望山门雨，万里萦牵秋水船。
古寺有坛花作主，长风无岸柳加鞭。
斜阳自向沧波去，由任斯人赋逝川。

● 董佩君

富春江小三峡

龙门顿眼开，两岸秀成堆。
碧水流云去，青山驾雾来。
松烟公望画，竹影子陵台。
水阔船行疾，风清万里埃。

雨夜临十七帖

春寒夜静雨成丝，灯下无风笔疾驰。
曲水长流遗古韵，鹅池尽染伴神思。
情闲点墨微云散，意畅挥毫淡雾滋。
入木三分犹可近，山阴道上月明时。

永遇乐　勇士登珠峰

天路龙行，冰峰鹏举，如入霄汉。险道惊魂，闲庭信步，神往云飞散。今闻佳讯，攀岩勇士，绝顶竖标旗展。顷回望，泥丸点点，串珠遍连华冠。　　乘鸾玉宇，追云蟾殿，何惧阴阳风乱。笑傲人间，饱观屋脊，应觉天冷暖。挺胸昂首，摘星揽月，了却百年心愿。苍穹近，红霞万里，晓光欲现。

鹊桥仙　雾中游黄山

飞烟缥缈，奇松淡影，举目云间路断。石奇百态俱神灵，入仙境，人间何见。　　空悬栈道，玉阶穿洞，峭壁斜分一线。欲登绝顶览千峰，须晴日，云开雾散。

● **孙晓飞**

清晨出行有感

月落云河星斗残，晓风吹帽悸轻寒。
啼莺未解农工事，犹赋闲情隔树端。

山村日记

春风送暖至云村，一树晴光压旧痕。
斟瘦茶烟无琐事，坐听啼鸟送黄昏。

放风筝

紫陌东风几度违，小庭花落燕双归。
今朝为谢相牵意，托付春心一处飞。

卜算子　缘

缘起本无端，缘灭终无奈。缘分犹如一阵风，来去伤澎湃。　挥手路西东，遥望云山外。忍把心头片缕情，相忘于人海。

● 纪少华

惜粮有德

古训粮为天大事，闻鸡耕作转春秋。
皆知辛苦盘中粒，莫忘兴衰史上忧。
食足常提崇节俭，岁丰时诫杜奢求。
富民强国图精治，珍惜餐餐美德修。

秋分寄咏

镜生霜发菊香留，莫叹流光已仲秋。
山叠枫红霞尽染，水飘云白桂新稠。
思君梦遇南归雁，赏月心随天问舟。
不借篱边吟自得，兴时更上一层楼。

月下赏桂

人间天上此花同，点点簇枝星色融。
寂寞嫦娥忧作酿，缤纷俗世醉成风。
月光凝炼出真意，玉魄深藏守本衷。
吟伴桂香开郁结，浅池云泊静朦胧。

立冬有感

嵌金镶紫绿犹浓，秋尽江南未觉冬。
水阔垂纶无雪钓，山高思古有云从。
雁踪已到潇湘岸，鹰翼仍旋北国峰。
欲赏梅花须静待，凌寒树树敞心胸。

● **陈繁华**

古镇拾零

江南绝影水边寻，石径旧踪延至今。
柳约莲香清俗眼，虫催菊老逸诗心。
名园自展风情画，古迹能弹岁月琴。
在目雕花窗对列，门联解悟句轻吟。

霜　降

桂月穿过菊影重，吟怀景物带霜风。
拈诗处处情先化，落叶纷纷韵未空。
水石生寒天地与，山林变色古今同。
深秋莫把芳心束，浅笑江南入静中。

寒露拾句（回文）

浮香冷艳探来时，晚醉陶家远近篱。
秋澹月光山岭过，夕凉人影桂花移。
流溪小池归鱼乐，落叶枯槎别鸟迟。
幽静本真偏性拙，修生一得老能诗。

【回文】

诗能老得一生修，拙性偏真本静幽。
迟鸟别槎枯叶落，乐鱼归池小溪流。
移花桂影人凉夕，过岭山光月澹秋。
篱近远家陶醉晚，时来探艳冷香浮。

● 胡 斌

觉 秋

霜染露台花恋枝，欲南还北雁踟蹰。
晓风撩动蝶回舞，正是秋高叶落时。

8 月 16 日喜收北大录取通知书

红楼雪影送佳音，屡忆寒窗星夜沉。
鹏鸟别巢追梦去，京师自此每萦心。

大学新生家长有感

紫薇犹盛玉簪横，新燕三千栖未名。
高阁空巢方十日，孤灯倦枕已深更。
翻屏几处寻鸿影，隔幕云间辨雀声。
莫谑双亲多揣视，一颦一笑总关情。

夏游庐山

美庐廊下忆陈年，牯岭街头看岳巅。
树影婆娑无日冕，天光飘渺有霞边。
琴湖水泳一亭暖，锦绣崖空半索悬。
宝杏年高犹自重，黄龙泉浅敢成渊。
寻仙未遇仙人洞，探险踟躇险路沿。
植物园中芳草聚，含鄱口外百鸥旋。
三折瀑秀丹青谷，五老峰型领袖眠。
晓夜方闻云雾味，轻车已过北山缘。

● 杨毓娟

唐模村小西湖

孝子湖湾一眼泉，檀花遍植许家田。
酌溪几盏闲吟月，啭鸟声声和水弦。

歙县唐模村中的小西湖，乃清初一位许氏富商，为其母花巨资挖塘垒坝，模拟杭州西湖修建而成。又称孝子湖。

太平湖观夕阳

扁舟弄水乘斜阳，煦色流云动丽光。
欲向清波频照影，犹将岚翠著衣裳。

八声甘州 太平湖

担两山翠碧比漓江，浩淼万重波。嵌星罗群岛，烟霏雾袅，半掩青螺。三里秦淮沉睡，古镇枕沙河。鸥鹭点斜晖，风日晴和。　几处题辞石刻，秀荫湖畔卧，逝水如歌。问参差岸柳，何事舞婆娑。细思量、古来今往，且应时、岁月勿蹉跎。殷勤好、百年能几，自在吟哦。

太平湖介于黄山和九华山之间，“一湖担两山”；湖底蕴藏着千年广阳城、三里秦淮、龙门街等大批文物古迹；南宋理学家朱熹题辞石刻“秀荫”静卧湖畔。

● 顾方强

蝉

一

老蝉鸣止水，锦绣绿桐幽。
雨疾人飞步，居然住静秋。

二

蝉噪高台一夏长，深山故我素身藏。
无缘空折枝连理，博得风中晚蜕凉。

惊　蛰

一

兰芽破土又初生，点点鹅黄着嫩茎。
昨夜春雷连踵响，九州昭示共承平。

二

泥香水暖柳丝轻，陌上饧箫戛戛鸣。
醉拥一怀乡梓梦，春和日丽雨初晴。

● 黄福海

到敦煌

廿载西游继踵回，敦煌今日为谁来。
中年心事忧千岁，大漠风烟酒一杯。
梦绕平沙翻远鹤，狂胪诗卷挟惊雷。
驼铃重结番邦好，再听琵琶境界开。

访莫高窟

飞来砂砾洞千馀，壁上衣飘栩栩如。
饲虎本生宣喻隐，喂鹰变相启心初。
群科东渐移诸俗，故物西流载百车。
丈室若今犹锁闭，度人经卷为谁书。

登鸣沙山

秋染斜晖圣域清，惊魂欲涤世间情。
如闻梵乐遥天落，实见胡杨绝地生。
有性金山唯自得，无缘沙碛为谁鸣。
月牙泉水澄心绿，醉里凝眸相送迎。

过玉门关

凉州鼓角气萧骚，月满秋原无一毫。
故垒千年皆自筑，雄关百尺为谁高。
远攻玉帛宜兼用，平治宝光常在韬。
怜取春闺梦惊觉，铙歌唱罢按弓刀。

● 张玉梅

敦煌采风步韵班定远祖姑婕妤团扇诗

南国香丹桂，西北祁连雪。
玉门约飞渡，来邀节前月。
对影白杨树，亭亭凉风发。
风发终一岁，高堂客心热。
幸哉盛世中，敦煌诗不绝。

阳关采风步韵李白横吹曲辞关山月

晨起向墩山，黄沙天地间。
晴空纵万里，天马下阳关。
午啖核无白，胡羊鲜北湾。
殷勤酬客旅，邑远友人还。
诗会早开宴，倾杯皆笑颜。
高歌川上曲，不觉已当还。

月牙泉采风步韵卢照邻关山月

月牙泉梦断，七星草祈连。
蟾宫九万里，秋节碧湾悬。
木樨香漠北，羌笛杳楼前。
恍然与君坐，驼铃沙水天。

鹧鸪天　莫高窟（新韵）

百窟千佛大漠前，由来一念乐尊边。今生前世未来业，滚滚红尘如幻缘。　经不老，月初寒。沉浮荣辱总相关。人寰苦海慈航渡，戈壁滩涂最眷怜。

● 郭幽雯

读报有感

自古君言下秉承，官袍换色见高升。
江天偏少回澜士，宦海犹多逐浪层。
瘴雾萦楼失黄鹤，南山指路举明灯。
春风入户开窗牖，瞻望云霄展翅鹏。

儿童节即兴

六一恰逢童趣真，无忧无悔暮年身。
曾经沧海情和泪，几度夕阳秋复春。
白发追思日前事，清风拂醒梦中人。
人生长若如初见，明净丹心不染尘。

酒　馀

最喜封缸醪味醰，知音换盏数杯涵。
滔滔乐事言无尽，静静幽窗梦亦甘。
绮宴未多犹浅醉，琼浆虽好莫饕贪。
劝君且待重逢日，笑语飞觞意正酣。

● 许丽莉

庚子年廿四节气歌（选五）

立　春

凶疫随风祸，人间渡厄忙。
白医犹胜雪，众志盼春棠。

立　夏

风轻草木深，絮柳水波擒。
又恐春将逝，衔来画笔吟。

立　秋

步驱长夏顾，日罩似穹庐。
月下虫声促，推杯对玉壶。

立　冬

日上三时晚，齐身揽厚披。
苍萧攀草木，伏蛰待佳期。

小　寒

风雪迎新历，山峦别旧霖。
一声轻问候，天地暖于心。

● 欧阳田军

新水源地赞

今朝上海梦中都，天下风光绝此无。
黄浦秋深飞燕啄，城隍夜静弄舟凫。
从来心事凭谁问，自古人言岂易图。
谋划治河民为重，水源新地淀山湖。

供好水

最美申城动四方，彩光交汇映城隍。
风撩青草沙尤静，月照吴淞梦自香。
一库桑田波起伏，满塘沧海意飞扬。
为民供水新篇谱，大写情怀慨更慷。

治污水

莫言治水路漫长，泵站污江细思量。
打破混装成独韵，巡查志愿荡衷肠。
任它暴雨倾成海，由我丹心化作光。
褪尽铅华留记忆，当年撸袖莫相忘。

防洪水

超强台风水易倾，海塘千里护申城。
爱岗敬业河长制，热血冲天子弟兵。
气正风清兴大德，心明眼亮渡苍生。
防洪齐守通宵战，道是无情却有情。

● 刘毛伢

向支援武汉抗疫前线的医护人员致敬

肺疫惊黄鹤，狼烟鹦鹉洲。
千城闭关道，九派锁江流。
干将驰荆楚，杏林除毒瘤。
中华多壮士，倚马立潮头。

赞最美逆行者

年关疫起大江浑，荆楚驰援遣虎贲。
千里逆行先上我，万民拯救更须君。
悬壶处处惟祛病，济世时时在廓氛。
寰宇毒魔降伏日，月明星灿看红云。

● 冯　如

商　纣

万夫皆我役，故醉酒池春。
好色无如德，疏贤自拟神。
倒戈惊大梦，受命弃微尘。
殷鉴复殷鉴，昏昏非一人。

感今年梅雨

雨横滋深树，霖霖濡久城。
漫街溪带注，击伞鼓音鸣。
初喜尘霾涤，未期灾患生。
他乡淹十九，鱼蟹亦思晴。

游园自寿

清波流缎映晴空，浮日年华又几重。
一树衰颓犹自寿，半生凭寄了无踪。
环围高厦窥湖小，疾扑雏凫期羽丰。
数向流光照容黯，总因生气盼春浓。

啖鸡爪忆家乡滋味

家乡小食偶相逢，辣拌五辛香气冲。
昔载川椒千里外，今开渝面百城中。
过门大嚼鹄羹郁，挥汗无拘桃颊红。
皆是老饕漂泊客，常因佳味掷忧忡。

● 王铁麟

上海大剧院观张火丁新版霸王别姬多有感焉

一

杏黄衫子郁金裙，宛若凌波步白云。
谁意今宵南北客，夜深沉里复论君。

二

情长还是女儿家，水样眼波月样斜。
一曲鸳鸯歌未散，唏嘘声里送缘奢。

三

卷卷天蟾说梦华，周旋长镜记天涯。
桥因月断三分碧，抚得西湖记白蛇。

火丁版《别姬》改编自梅派经典，《夜深沉》为剧中曲牌；《鸳鸯冢》程派名剧；《断桥》为《白蛇传》一折，火丁以程派出全剧，余多假镜头为记；天蟾，海上著名京剧舞台，南北名角多献艺于此。

题友人照二首

一

半江秋雨半江天，南北犹追五色泉。
月露谁教绘伊子，隔帘疏影亦天然。

二

河声星势复论今，筑梦江南几许情。
最是风华小龙女，携来湖海一枝缨。

● 蔡慧蘋

一剪梅 庚子夏日过杨弟新居

湖石玲珑亭木遮。小小清池，锦鲤天涯。古风洋溢是谁家？桂叶依人，蕉叶沙沙。　班祖门楣文士茶。把玉可怜，坐检堪夸。新词赋就满庭芳，青了香橼，黄了枇杷。

富阳行旅三章

河传 山客

林竹，溪曲。石墙重瓦，山里人家。百年居屋，微雨过了枝丫，短篱星绿遮。　山岚涌动秋来早，啼翠鸟，涧水清流闹。忆斜坡上，闲草野菌泥街，碎花开。

忆王孙　山客

雨丝风片湿重重，枝叶婆娑西任东。半柳居中醉意浓。早秋天，赋得新词不负侬。

山雨二首

一

一帘秋雨湿濛濛，隔断云山又几重。
卧听沙沙天籁语，婆娑柳叶自西东。

二

千丝万缕漫青山，舞柳声轻涧水欢。
倚枕问侬忙底事，罗衣不胜早秋寒。

● 刘永高

临江仙　西沙残秋

落寞西沙萧瑟气，芦花风卷苍茫。浮云来去晻斜阳。扶疏铺湿地，枯寂倚寒江。　　渐入苇丛深邃巷，又披冷霭天光。人喧白鹤扑棱翔。青纱秋老尽，如是旧洪荒。

满路花　邂逅丁香

春萌芳树雨，梦会玉容媛。趋之先是蝶、惬晴天。繁枝蕾朵，绽放暖风前。萍水无声处，感应欣然。为侬名慕何年？　　帝王才气，李璟句缠绵。几多愁落魄、妙词篇。丁香骚事，到我欠吟笺。绿簇团云雪，枉美林边。焉知暗动心弦？

踏莎行　梦之荷

一

菡萏成花，蜻蜓弄影，清新舞态光华映。凌波践约追佳期，十年重有娉婷咏。　　圣洁随缘，扶疏尽兴，大观朗润撩情境。爽沾碧翠曲栏风，这般醉里人非醒。

二

伏月薰风，炎阳炽暑，娇姿欲滴清莹露。掀天绿气托莲花，超尘身世迷人步。　　净濯心灵，凉湔夏雨，昨宵有梦初相遇。怦然仙境画嵌诗，烟霞羞色朝和暮。

千秋岁引　望云

凝望白云，幽思碧落。朔雁高翔历寥廓。南窗日斜天暮近，西风气肃秋寒薄。对长空，萦心绪，犹是昨。　　五十年睽飘海角，五十年烟人事各。浩渺如何意难托？当时有碍相视过，擦肩转去留真确。梦里浮，眼中在，追无着。

● 王家林

豫园老戏台

豫园深处旧尘埃，画栋雕甍古戏台。
悲喜人生频演绎，丝篁悦耳又重来。

嘉定竹刻

石随篑起嶙峋立，水应青削着意流。
锋刃吐芳传锦绣，一溪文脉泛轻舟。

金山农民画

北去天津杨柳青，南来上海走枫泾。
民风民俗民间写，双卫并推两画屏。

天津杨柳青和上海金山枫泾，系津沪两地的古镇，均以出年画而著名；双卫，即天津卫和金山卫。

沪渎蔬果

马陆葡萄南汇桃，崇明扁豆练塘茭。
一方水土天恩赐，犹念前人汗水浇。

● 龚伯荣

饮　茶

又报高温三十六，临窗独坐饮香茶。
闲心宁静清风爽，自在逍遥百姓家。

古　韵

微信传来絮语腔，乡音入耳唤儿郎。
方言古韵呼声远，东海瀛洲岁月长。

解　码

曾经年少不知愁，技艺安身无所求。
何奈老来难解码，一机在手可分忧？

如梦令　清明

连日纷扬细雨。又到清明节序。云祭上家山，卷起遥思千缕。香炷，香炷，缭绕春风如许。

● 黄　旭

庚子风云

人间在劫自难逃，举世横行冠毒潮。
华夏英明医国手，封城果断治瘟枭。
群雄黎庶齐酣战，无恙山河不动摇。
秋色流金双庆节，重腾经济向前超。

海上清音十周年记

每遇立秋心念多，今宵更觉费吟哦。
江南村道衍芳草，海派诗音穿纬梭。
不去华庭争利禄，却来幽境畅芸河。
聚交天下真名士，共读离骚望汨罗。

鹧鸪天　夜念

鏖战江城已四周，疫情不断更添愁。日间企盼屏中信，梦里相思心上秋。　听雨势，逐风流。分明槛外正堪忧。山川无奈频含泪，云里希望不可求。

鹧鸪天　虞城

难免先天刻意功，一山一水一城中。禅门兴福通幽静，虞甸司农常熟丰。　林荫道，鸟鸣空，街衢生态自然融。周儒文化宜居地，胜境江南情独钟。

● 邱红妹

安吉登山

晨曦映彩霞，岭岫拽轻纱。
胜景迷游客，屏风不见涯。

口　罩

小小片三寸，立功征疫时。
人魔双激战，御敌筑丰碑。

牡丹四连屏赋

鸾翠出尘如玉清，一枝殷艳露晶莹。
姚黄染就芳姿丽，魏紫嫣红总是情。

同里之恋

阳光四月沫春风，驴友欣然古镇中。
摇橹船娘溪水上，馋涎诗客酒家丰。
三桥品位扬名胜，一代明星植树功。
百态千姿争摄影，流连忘返乐融融。

● 丁德明

掌起桥

返乡掌起上房东，豪宅幢幢如寝宫。
公寓渐同田野接，网河犹向八村通。
旧时山北盐炒豆，今日慈溪草帽风。
小舟摇来人货便，石桥座座显玲珑。

盐炒豆、草帽都是山北当地有名土特产。

温汤镇

宜春汤水四时温，热不疲人冷不浑。
水滑无硫含钾钠，硒高有碘且清纯。
可疗风湿治肌骨，更慰心河洗浊痕。
渐渍神泉除疾苦，华清池里贵妃魂。

南北湖夏晚

燃尽西阳缓堤行，清凉挥汗一身轻。
迎风老柳吹余热，闭月荷苞恋晚晴。
夜暮山峦千嶂叠，灯光树影半湖明。
满天星斗知多少，侧耳板桥拍浪声。

● 张立挺

哭送吴承曙副社长

长空闻唳鹤，万里已悠悠。
泪继黄梅雨，心寒烈日秋。
毫锋滞书案，情愫上滁州。
我哭音容去，难添海屋筹。

悼念莫林同志

三十星霜结忘年，此生有幸识时贤。
婉词似品易安语，豪句如观秋瑾笺。
诗笔勤耕翰墨苑，梅庐细述斗争篇。
夕阳燃尽西山落，且看霞光映满天。

纪念抗美援朝战争七十周年

侵我邻邦犯我疆，军民奋起保家乡。
长津湖续上甘岭，罗盛教连黄继光。
美帝野心空利器，中华热血有儿郎。
三年苦战惊天下，散尽硝烟立汉唐。

建军节致枫林退伍军人

青松城内赞精神，高唱今朝日月新。
碧血染旗终克敌，腊梅傲雪必迎春。
千篇凝就金秋句，百战铸成钢铁身。
最是心声淬烽火，诗人原本是军人。

贺胡树民同志九秩华诞

有幸伴公同探骊，风云十载仰吾师。
情倾肺腑扬骚苑，汗洒枫林固社基。
烽火曾挥三尺剑，胸襟自树一杆旗。
今逢寿诞瞻胡府，凝聚千言化贺诗。

● 何佩刚

末代遗风如皋水绘园

文化花园

楼阁稀疏自掩扉，水环山小茂林围。
裁楹凿匾精书法，筑苑雕栏朗画机。
读馆斯文传雅韵，栽盆旖旎映钭晖。
佳人公子销魂远，旧貌逢新品味依。

董姬多才怜命薄

出身苏市绣工坊，书画棋琴自幼强。
家道衰微孤命活，秦淮娇艳美名扬。
肯交义士攀君子，杜绝屠夫恨寇狼。
水绘园中探幸福，倾情奉献速凋亡。

冒公文彩自流芳

公为蒙裔委如皋，幼露诗才王勃骄。
朴树筑巢盟志节，科场结社斗昏僚。
栖园水绘文章隐，拒宦龙廷日寇刁。
情爱温馨曾惜玉，高龄贫病未弓腰。

红楼非水绘

贾府辉煌胜朴园，金钗十二任颠连。
宛姬苦命常身敛，黛玉娇羞随性嬛。
难倚亭台搜气息，那堪草木失脂胭。
冒襄文句偏拘谨，怎撰红楼放浪篇。

酬友人惠赐青松夕照图

十载联洋忆旧游，芊芊草木水悠悠。
缀文小议心常想，戏墨多缘话未休。
画里青松披夕照，山中农舍响溪流。
何当花径为君扫，踏遍亲和楼外楼。

望海潮　登茅山主峰九霄万福宫

白云缭绕，青峦叠嶂，千年草木扶疏。杨柳桃花，松溪石涧，清宫幽洞仙都。老子坐晏如。大千本玄妙，得道非孤。陈栗轻兵，当年曾放夜明珠。　黄庭自得机枢。想先贤大隐，识透荣枯。浪迹葛翁，藏山陶相，药筐经卷丹炉。道骨出鸿儒。历历红尘劫，毕竟消除。天地悠悠，不教青史说虚无。

孩提时闻“茅山道士”之名，耄年得游其山，亦大幸也。山为上清道派发源地，称为“第九洞天”，又为重要抗日根据地，有纪念馆和纪念碑。《黄庭经》为上清道派经典，相传为王羲之之师魏存华（南岳夫人）所作。东晋葛洪生于句容，终生远游。南朝陶弘景为上清道派实际创建者，梁武帝屡召不至，政事屡加咨询，称为“山中宰相”。茅山景区在日寇扫荡及文革冲击下遭严重破坏，九霄万福宫在1982年重修。

汉中春　启东海上威尼斯双色海之旅

黄、东两海汇交处、长江口北，有九千亩沼泽荒滩。有巨商历十年之功，建成十二万人家新城。人工长堤内海水净化为蓝色，与堤外形成反差，是谓双色海。

两海拥江，正春风吹起，万顷波涛。长堤望断，醉他双色滔滔。云天浩渺，放飞鸢、忘老吾曹。新玩意、无人机上，拍来身比秋毫。　沼泽荒滩安在？见高楼别墅，争领风骚。人家十万绕水，翠绿招摇。辉煌金碧，闹包房、吟唱逍遥。临去也、轻车大路，依依别了诸桥。

建有四十多座以世界名胜命名的桥梁。

鹧鸪天　中秋舞会观后

音乐悠扬意俨然，腰肢轻转舞蹁跹。古今绚丽不眠夜，老大昂轩莫问年。　　神璨璨，影娟娟，白头公主紫披肩。曲终人散归来晚，桂子飘香月满园。

● **卢景沛**

过刚开通的沪通大桥二首

往昔渡江遇险

七十年前曾渡航，孤舟颠簸水茫茫。
雷鸣电闪雨瓢泼，动魄惊魂终未忘。

大江飞驶而过

横跨雄桥何自如，又教天堑驶飞车。
将今比昔思腾跃，纵览大江心意舒。

庚子秋思

斗转星移秋又至，今期岁月倍艰难。
群魔疯霸频侵袭，疫疠天灾双暴残。
长剑砥磨锋更厉，精魂淬炼志如磐。
兴邦夙愿本坚韧，何惧征程多险滩。

秋日抒怀

宜人秋色说攀嵩，老迈难能追世风。
但享金桂香闾里，更看皓月耀苍穹。
亲和高洁篱边菊，仰慕晚红霜里枫。
浮利虚名无所计，但求学得一吟翁。

沁园春 泰山

云步桥头，十八盘边，喜慰素衷。望升仙坊近，指尖可触；南天门阔，心窍相通。海蜃催寒，天鸡报晓，夺目朝阳已在东。看云浪，正奔腾卷合，转瞬无踪。 遍行南北西中。赏天下奇峰各不同。但芸芸他岭，一州享祀；巍巍泰岳，九域封崇。书轨同文，灵台偃武，回溯千年思祖龙。今安在？问满山碑碣，五大夫松。

沁园春 衡山

送爽轻衣，访古乌藤，伴上祝融。到开云亭下，宿阴晨去；会仙桥外，泊客词穷。入画朱陵，写真幽樾，洗却尘劳渐荡胸。霜天阔，更北州在望，南极相通。 千年问讯归鸿。只留得模糊半面容。那尧儿舜女，斑花点点；胡笳楚些，行色匆匆。剑定天山，中兴光绪，渐次分明此二雄。俱往矣，听神州处处，唱响毛公。

沁园春 华山

经倚云亭，过铁牛台，近太华巅。望咸京万堞，人潮争踊；沃畴千顷，渭水横穿。削出垠崖，染来朗日，太白终南指顾间。苍茫外，只一川奔下，表里河山。 嬴秦虎视中原。岂凭借区区函谷丸。想鸡鸣狗盗，何能成事；窃符救赵，不过求安。无二商君，有为秦孝，敢问诸侯谁比肩。心疲极，觉前途可畏，愈发难攀。

沁园春　恒山

恒岳危哉，群峰壮也，纵目难收。陟凌空万丈，星分室壁；驰神千里，势控边陬。源子河边，雁门关外，草色遥无绵亘丘。徜徉处，任古人往者，恣意追游。　　千年塞上风流。剩几片霜云天际浮。那黄龙未捣，无穷恨矣；燕然虽勒，认得家否？远映狼烟，悲鸣战马，行色匆匆迹不留。明月夜，便释杯假馆，入梦刀州。

沁园春　嵩山

小憩登封，锡杖飞凫，初上嵩阿。望群峰六六，逶迤眼底；双林冉冉，掩映松坡。披草寻踪，扪碑问字，古往今来一刹那。君应见，那千年汴洛，铁槛铜驼。　　中州灰劫良多。引花国迢迢遣达摩。只伊川杯渡，已呈气象；沙门棒喝，渐伏尘魔。弄笛桓伊，吹笙子晋，甘为牟尼弃旧窠。猛回首，见冰封已解，直灌长河。

● 王义胜

七月至苏州观守方族叔盘莲

族叔乃苏州盘莲泰斗卢文炳之外孙，自幼追随，故得真传，赋此，并谢款待。

花中君子气相投，婉转玲珑入钵瓯。
琢玉千条难比拟，真香一段更清幽。
长年呵护劳心血，尊酒纷呈愧厚酬。
白发苍颜应笑我，红莲依旧爱轻柔。

● 张佐义

处暑郊野公园枯坐半日

风起炎熇顿爽凉，清晨早出到垧疆。
荷池残败落花朵，樟木滋荣飘叶香。
水上群凫飞翩去，坐中一老息心将。
蜷身枯寂瞿然静，不管蝉鸣若沸汤。

读堂妹微信问何时返乡因答

故乡不远在天台，华顶杜鹃云锦开。
且待欢溪烟雨起，满山红紫是杨梅。

访亲于奉贤青村不值
辗转老街巧遇故人邀我当街对酌

好梦如烟酒一杯，当街对酌桂花开。
与君约定明年事，但见花开我再来。

悼国企教师武汉罗翠萍老师

阳生至日草将抽，一片乌云下鄂州。
遗愿三生皆北向，教师十万哭同俦。
回天幸借东风力，锦绣堆成黄鹤楼。
且把千行感恩泪，滔滔融入大江流。

梦

梦中昨夜到蓬莱，雾里风光锦绣堆。
天外飞来金孔雀，眼前仿佛旧楼台。
青春意气山河壮，耄耋前途画角哀。
窗外犬声惊故事，潇潇梅雨一时来。

● 成德俊

咏史五绝

鸦片战争

去发留头作顺民，君臣井底岂图新。
当年不倚洋枪炮，辫子根根拖到今。

商　鞅

变法图强急有为，千金移木树权威。
愚民驯服凭奇策，车裂之时省是非。

长　城

万里长城天际遥，秦矛汉盾各烟消。
北边千载谁开拓，自筑高墙划地牢。

张勋复辟

易服犹将小辫留，忠心直使悔扬州。
挥戈难挽西边日，一缕回光照石头。

诸葛亮

未肯南阳作卧龙，东风由此借英雄。
三分既已隆中定，徒费祁山六出功。

● 邵益山

惜　春

因家五旬久，难耐惜春心。
黄雀探前路，青藤扯后襟。
目随流水远，身与滞云沉。
落日霏红里，独听天地吟。

郊 原

静久心思动，郊原骋逸情。
摘除蓝口罩，顿觉白云轻。
高树无还羽，清流有落英。
儿童犹雀跃，夫子忘幽明。

读司马迁史记项羽本纪

乌江水挟楚魂鸣，百代犹闻悲壮声。
若渡江东招旧部，山川未必向刘倾。

读司马迁史记孝武本纪

封禅求神媲武功，柏梁承露始皇风。
不知缥缈仙山上，何处可安长乐宫。

● 黄思维

顾野王诞辰一千五百年作次唐彦猷顾亭林韵

亭林存古迹，道是野王居。
想像书声朗，研覃鬓影疏。
此间修地志，今日异村墟。
千五百年后，英灵怀有馀。

史臣称顾野王博极群典，为一代之英灵，见《陈书·顾野王传》。宋绍熙《云间志》：“旧经：顾亭林湖在东南三十五里。湖南有顾亭林，陈顾野王居此，因以为名焉。今为宝云寺。寺有《伽蓝神记》云：寺南高基，野王曾于此修《舆地志》，世传以为顾野王读书墩。”《至元嘉禾志》引同此。

吴定中先生寄赠同趋集四十年诗文选读后

笔墨卌年缘，红情绿意连。
但轻身外物，能得易中玄。
诗美当推律，云行自在天。
同趋添上寿，高咏继前贤。

先生诗词皆工，尤擅长律诗，如《漫兴十八首》《九句放言十首》等，方虚谷所谓“诗之美者为律”也。

庚子元宵

新冠病毒作仇雠，各自居家绝出游。
不见广场人锻炼，只闻高树鸟啁啾。
月明今夕少吟兴，日报疫情生远忧。
此际检查多志愿，守其岗位未曾休。

金山二桥落成喜赋

市民欣睹二桥通，一跨过江气势雄。
晓映霞辉如偃月，夜看灯彩踏长虹。
桥多兴废追前代，路接东西向大同。
佳景倚栏争赏处，远天帆影正乘风。

金山大桥始建于1937年。1949年5月，国民党军队撤退金山时，为阻止我军前进，乃炸毁。大桥于1959年重建。

● **沈钧山**

咏南北湖

夏雨霏霏洲岛峙，入园先北后南游。
一登高阁喜苍莽，汇涌雅波心际流。

登阅江楼

众记争雄起一楼，凌云俯瞰大江流。
回眸阅尽人间世，万岁风光百姓愁。

洋泾咏叹

洋泾港畔小渔村，百载渐呈街巷喧。
巨变近来新貌出，市楼人气拥朝暾。

余村游憩

斜照古稀心自宽，欢欣健步未蹒跚。
青山绿水交相映，满眼金银闪不完。

2005年8月15日，习近平到余村说：“绿水青山就是金山银山。”

● 邢容琦

晚过黄公望墓道

特来虞地绕山行，夕照坊门有盛名。
若不鸥心枕江岸，富春一卷恐难成。

谒吴敬梓纪念馆

秦淮寓客不羁身，满腹珠玑半世贫。
秋日清门多劲气，偏怜指刺扫黄尘。

蔡元培故居有怀

昔年鸿举气方遒，恰是柱倾风雨稠。
洗髓东华屡投牒，题衣西海共登舟。
泮宫问字求无辔，寰宇收驹引众流。
韶美陶融犹可数，楼前清思尽悠悠。

包公墓园

堂宇飞檐傍水徐，柏枝松影碧森疏。
道迎岳岳一华表，廊转虔虔连壁书。
昔觅孤坟尚淹泊，今存遗骨倍吁嘘。
回眸似有名臣在，铁面思来尽凛如。

● 周洪伟

登严子陵钓台

拾级履霜秋景明，采风菊月碧江行。
碑文诗赋存遗迹，山水亭台融客情。
岳庙蜀祠传盛誉，严纶周粟负虚名。
庶黎家国担当重，一己死生荣辱轻。

摆　谱

宅守养心凭烂柯，纹枰拍子乐操戈。
纵横循道阵形饬，黑白无常变数多。
扭转乾坤叹妙着，迁移日月看银河。
愿祈一旦除魔去，抒展胸怀发浩歌。

秦　观

少游乐府最娉婷，丽句清辞播远馨。
津渡楼台含委曲，飞花丝雨更轻灵。
郎如流水遥遥诉，山抹微云细细听。
软语吴侬称婉约，歌坛传唱仰明星。

吕本中

紫微乐府似民歌，偶作令辞名踏莎。
温婉春风扶弱柳，缠绵秋雨逗轻波。
晚逢戎马忧患积，曾与吟朋唱和多。
愿别江西觅诗法，东莱识悔学东坡。

酬诗友

诚挚友情胜祸凶，清谈雅集幸相逢。
霜寒鬓角添秋色，笑叠眉头蔽浊瞳。
畅饮壶觞怀旧日，愁吟风雨感时中。
世间烦恼随他去，我自逍遥伴妪翁。

祭季肇伟先生

一

惊闻噩耗泪涟涟，也怨红尘也怨天。
道是交游敦寿命，因何聚散总萦牵。
暮春预约新秋见，盛夏遥知故友眠。
老病相同汝先往，凭栏西望苦熬煎。

二

我还苟且汝西迁，倏忽交情十四年。
府上闲谈编讲义，黉堂清论说词篇。
亦师亦友君儒雅，半昧半愚吾肃虔。
往事回头无觅处，惟留书案墨中缘。

金人捧露盘　庚子新秋暴雨日寄诗友

遍红尘，穷碧落，泪潺湲。望广厦、泄瀑悬帘。嚣尘腻垢，被激流清水尽西迁。夜深人静，霁威时、浮想联翩。　　青春梦，黄粱枕；残岁愿，薛涛笺。既往事、过眼云烟。砂壶煮茗，伴二三知己论诗篇。养身谐趣，更增添、几许文缘。

西迁，消亡；霁威，收敛威怒。

● 高　刚

携孙夏游召稼楼

尘外清流古镇穿，百秋杨柳拔新弦。
果然佳境闵行有，未负老夫炎日煎。
夹水街行千食醉，傍河亭坐阵风鲜。
二人各得其中乐，我去寂寥孙梦圆。

莲　王

荷花夏末艳清池，新侣移来欲斗奇。
短炮长枪齐待宴，嫩心雪瓣半开时。
月魂款款破云霓，粉殿盈盈来凤仪。
瞬刻香裙舞金曲，转留仙女已然迟。

大　姐

大姐成婚吾出生，后年百岁福多盈。
慈容似有高堂影，语调如闻故里声。
闲叙今情像麻乱，沉勾旧事比书清。
老人瘦骨寒无怕，脚下贤儿夜夜诚。

余老外甥龄近七旬，妻故后，便经年陪睡在老母身边，悉心照料，现今社会，少矣！

● 董　良

迎　春

迎春花似金腰带，缠岸绕坡披嫩黄。
不畏严寒霜雪里，岂因纤弱劲松旁。
杖藜山麓君安趣，指向水边卿舞裳。
冻砚冰毫描翠绿，东风无赖启群芳。

向，北窗；金腰带，迎春风别名。

梅　花

独先天下老干春，三二虬枝搔鲠人。
清绝荒寒香雪海，幽苍寥阔白霜津。
广湖孤树悬儒剑，低宅小园怡道巾。
野渡疏林往来少，不移高格与纯真。

寥阔，辽阔。

桃　花

一树彩霞遮碧眼，桃园三径满殷功。
花言即助花心启，妙义并生妙语同。
闲说衙斋闲事少，莫窥民宅莫名忡。
倚斜阳处空叹息，徒见离人百里蓬。

殷功，崔护字。

● 范立峰

桂花四叠

一

昨夜千花发，行看一路黄。
秋风金桂送，顿觉满城香。

二

放眼无穷尽，丛丛绿隐黄。
怡情秋色里，归去染衣香。

三

窗外一枝独，风摇点点黄。
那年怜桂者，可忆此花香。

四

天上姮娥看，遥瞻满地黄。
人间数枝桂，更赛月宫香。

● 金嗣水

秋　月

碧海冰轮挂，迢迢银汉横。
南塘荷影瘦，北郭雁声清。
陌上凝珠露，篱边绽菊英。
江天同一色，无事问蓬瀛。

秋　风

气清吹万里，暮雨带新凉。
飞去芦花远，飘来桂子香。
松声摇夜月，竹影绘山墙。
凭尔梳银发，他乡作故乡。

秋　意

节序仲秋至，凉风吹嫩寒。
湖边芦絮白，岭上晚枫丹。
虫语江湖小，雁鸣天地宽。
世途人易老，霞落出门看。

秋　思

斑斓秋色里，郊野正芳菲。
旧雨江舟远，红霞塞雁归。
风高调爽气，月冷撒清辉。
闲看桂花落，一行汀鹭飞。

八声甘州 暮春

看桐花雪絮去无休，因风泊篱门。叹樱芬满地，碧梢生叶，一径烟痕。芳草犹生梦里，寻履踏香尘。昨夜枝头雨，点滴温存。　风过坪前棠棣，看吹飞丝蕊，惹动诗魂。绣球团寒玉，绰约舞青裙。对琼英、漫舒描笔，误几回、拂袖抖纱巾。听莺诉，绕朱栏处，游逗黄昏。

临江仙 夏日原野

夏日平湖原上草，迎风翻卷兴澜。晴光蝶影野英繁。明黄幽紫，蜂语耳边传。　闭门一春腰膝軟，踏游行屐蹒跚。芳丛跌入叶根槃。知侬醉了，如梦不知还。

惜秋华 秋雨

一叶衰桐，看翻飞坠去，秋风萧瑟。疏雨点窗，淋漓梦般痕迹。山泉洗净茶尊，换一味，祁门浓赤。稍停，看壶烟幻聚，吹兰生碧。　旧壁影如画。奈光阴过隙，杳然灵逸。绰约树下，几瓣落英冷寂。愁添浅黛眉头，怕露湿梧枝成泣。亭立。念几回、霁云消息。

雨霖铃 江南雨

檐声低切。看青萝薜，又润枝叶。鲜桃筐里萌透，甜妆嫩粉，如霞如缬。案上清辞典籍，趁拈刃裁页。想几处、苔绿涂墙，聚雾凝珠稍停歇。　山泉煮菊茶清冽。净瓷盅、玉样胎如雪。丁香一帖重读，那几句、伞花传说。小巷烟云，如梦、偏偏艳了吟阕。记忆旧、惆怅连绵，雨湿鲛绡帕。

● 黄心培

梅之韵

自启檀心疏影斜，屡违天意吐芳葩。
虽遭冷落情依旧，敢傲灵霄六出花。

兰之韵

莫非帝女下天庭，不染尘氛淑德馨。
心恻为期骚客佩，托身幽谷化精灵。

竹之韵

山深地僻有知音，雨后溪泉共奏琴。
自秉凌云高节在，生生不变是虚心。

菊之韵

任凭寒气九霄来，艳吐真情意漫猜。
奇节不随人事改，只缘天性傲霜开。

● 张雪梅

蝶恋花　屋檐上的风景

忽见高檐双小树。相伴相依，何故墙头住。料想街边无落处。才求飞鹊当桁渡。　凭借清风齐兴舞，时触时离，脉脉不需语。步步流连频转顾。只缘暮色摧归路。

● 潘全祥

喜贺天问一号探测器成功发射

屈子传天问，玄孙作远游。
火星中国往，龙翼大荒流。
黑水遗冰雨，灵蛇射斗牛。
时来原梦答，玉阙尽将收。

庚子九一八有记

痛史终难改，轻歌岂可存。
雪未消狐岭，云犹压雁门。
嗜血豺狼恶，连天剑戟昏。
铁臂长城在，明心励子孙。

庚子小满

绿荫正处滴樱红，群动当圆恰似中。
水静波平终破雨，树高叶硕易招风。
谁闻世事千般好，自有人生半点空。
慰劝春茶成故例，三分未满慧心融。

东方明珠雷电颂

云翻墨色压城摧，骤雨苍茫气逆回。
疾电张狂天欲裂，明珠闪烁景犹开。
孤标东海凌风在，傲立危空破雾来。
万壑奔雷休妄想，相看日出更崔嵬。

● 蔡涵芳

秋　雨

夜雨萧萧洗去留，三更梦醒听无休。
轻风行处翻黄叶，也掬心河一半秋。

秋　夜

漫步林间五味存，许将空寂挂黄昏。
此时月色堪如镜，旧绪千般留一痕。

深秋拾景

落黄纷叠锁梧桐，一路翻飞不问风。
此地轻吟堪胜唱，停车点捡入诗中。

婺源赏秋

白墙青瓦远腾烟，绿卧湖中隐水涟。
竹匾金银多少景，此番叠色胜花田。

● 张道生

金　桂

一

桂子花开九里香，玉枝金粟女儿妆。
只缘多事秋风雨，细蕊飘零满地黄。

二

昨夜西风卸桂妆，黄花飘落梦魂香。
肯将细蕊依茶酒，不与群芳论短长。

旅居西昌

游遍全球莫自夸，寻芳未必到天涯。
西昌月白三春柳，邛海湖蓝四季花。
佳树含烟浮夜雾，秀峰叠翠染朝霞。
红尘隔断三千里，了悟禅心即是家。

浣溪沙　天目山农家

七月申城热似蒸，东西天目草青青。清溪转处绕芳亭。　　前门修篁傍古树，后院玫瑰攀葛藤。夜阑人静数星星。

● 陈建滨

题范师写意葫芦小品

一啸秋风万木枯，寒藤掣断玉葫芦。
寻常不假拘神鬼，又过旗亭续酒壶。

● 丁　衍

题通临九成宫醴泉铭后

鉴此九成宫，而知翰墨功。
纤毫任君择，至性赖私衷。
世说何无限，神思恰有通。
前贤尽传道，可梦细微中。

题大字千字文后

秋来连雨足，暑气一消除。
字大如拳猛，功深任意舒。
方圆相化外，巧拙忘当初。
劲健吾身手，安心更自如。

论书二首

一

千文日日真功课，矫健人生纸上耘。
了悟北碑南帖异，细评快意忘形分。
故家玉版藏之用，贾客金花售以欣。
知白素人存在几，该能走笔气披纷。

二

唐楷工夫储八九，且馀一二任遨游。
临池行满须善识，陈迹道昭增益谋。
向使嘉猷成另说，问何方法数名流。
诸如此类经丁倒，罕有高明甘慎修。

● **方建平**

送别莫林吟长

群鹤唳梅庐，闻知独是予。
此仙能载否，上界派鸾车。

抓获港独罪犯

立法严明不是吹，叫嚣分裂太无知。
挥刀袭警外逃者，天网恢恢漏掉谁？

● **钱海明**

庚子照见君子兰绽放有寄玲姐

疫情浑不知，暖气逐芳姿。
君子谦谦态，伊人夜夜心。
新冠牵禹甸，故友赴荆池。
自律闭门牖，素心相伴之。

仲春收金陵玲姐微函，附君子兰照片数张，观后有感。

有感次胡中行先生原韵

希冀新知润老身，六旬返校有良因。
黄髫好学寻萤火，碧玉藏书出俗尘。
曾信万般皆下品，终教百事解迷津。
琅琅吟诵桑榆下，悉读人间美善真。

● 马树人

山上行

得闲山上行，攀陟似遐征。
跬步中途累，一身登顶轻。
渺茫风物小，寂寞是非明。
复入尘埃里，无关路不平。

寄书故交

直肠舒右臂，劫后识忠臣。
零落已垂老，陈言难履新。
古心资古国，良政育良民。
不立尘嚣外，怀中常有春。

上巳步韵姚老师自寿诗

上巳花妍三月三，赏春随想入笺函。
老来不可行藏忘，少壮忧堪道义担。
得句成诗缘自醒，好辞无酒亦醺酣。
纵然远离万千里，网络交流欣笔谈。

● 陈剑虹

酒　馀

杯底有情情倍醰，我生诗酒养胸涵。
引壶新韵浅成满，寻影远芳愁合甘。
累岁吟初难得意，千金纳尽不为贪。
莫由白发疏飞盏，欲复红颜借半酣。

千金，一字千金。

王国维

学贯中西一代师，工书工史更工词。
以身箴语离尘去，无我人间写世时。
忠悫不为多事意，气高独抱自由姿。
冰魂玉质归何处，沉入新潮涨墨池。

人间，王国维著《人间词话》。

庚子暮春即兴

十载诗情写取真，墨香养气亦修身。
群芳秋尽谁无憾，五色毫端别有春。
世路相逢烦俗士，程门共话识高人。
吴霜酬唱好声势，点点梁尘拂客尘。

● 翁以路

登环贸顶楼

掬雨喜欢欢在手，旋梯踏上向阳台。
摩墙光耀楼重影，前度旧人今又来。

王国维

行走翰林紫禁城，孤高气格铸平生。
纵然望尽天涯路，甲骨开山旷世惊。

王国维，溥仪御用翰林行走，思想高贵深邃，学问渊博，诗词优美，书法古雅，尤其金文、甲骨文的学术贡献崔巍。

知　己

狂风呼啸雷声烈，闪电千条挂屋檐。
读罢鹧鸪词一首，无人知我挚情添。

● 吴祈生

依水同里

富土烟舟曲水遥，轻风翠柳白云娇。
清凉圣地看荷叶，净乐书堂问菊苗。
醉里乡音幽径绕，吟边村酒暗香飘。
新人一对姗姗过，长庆桥连吉利桥。

富土，即同里古镇的旧称。

乌镇春色

轻风伴我曼游人，日出湖光更艳晨。
茶馆老街乡语醉，农家香市鸟歌新。
飞空独鹤向天远，受水雁冰随酒醇。
桥影舟流看不尽，车溪夕照最燃春。

香市，是乌镇传统的狂欢节；车溪，即乌镇的市河。

画里宏村

清流月沼映村庄，雨后蒸霞粉色墙。
东巷酒楼飞鸟影，南湖书院透荷香。
传家孝悌如泉脉，垂世文章似日光。
一种依依情入画，秀山新水动诗肠。

● 叶文丽

鼠年题猫鼠嬉戏图

带头生肖坐当朝，淡对虎师谋略调。
利爪挟风试推手，灵牙裹铁抗来妖。
分身岂能东西霸，登树应知俯仰招。
陪尔于今戏球乐，携心不惧自逍遥。

定风波　长江

九派通天亘古来，洪波卷雪画图开。河贯西东多胜迹，殊色，风流争道凤凰台。　　荆楚溯流千里去，何处？月桥红药竹西佳。涛近石城螺髻秀，依旧，六朝歌舞逝斯哉？

定风波　壶口瀑布

奔马携雷动地来，悬壶沸水滚高台。浊浪冲天金甲炫，贪玩，黄龙霄外海宫回。　　恣意纵横千万载，关隘，平波崩泻客惊肔。夹岸飞虹琼玉悦，羞说，行船旱地究堪哀。

● 宋忠鑫

村　居

河水微澜浸石苔，平岗历历泛青来。
长空气净炊烟散，旷野云低飞鸟回。
桃蕊浪波红遍岭，阴深竹径碧亭台。
来霞尽日频留驻，寄语湖光取次开。

● 何全麟

庚子惊蛰有作

荆楚春寒起炸雷，缤纷樱雨洒林隈。
龟蛇初醒烟波锁，鹦鹉欲飞山色催。
霭霭阴霾愁落叶，茫茫夜月梦新醅。
洛珈求得杨枝水，启蛰还归万物回。

庚子立夏即兴

芍药狂香百世芳，喜迎立夏日间长。
佳人依竹春莺舞，倦客傍花暮雨凉。
寂寂轩窗悲白发，空空院落伴残阳。
幸从西席吟风月，翰墨林泉学采桑。

庚子白露即兴

吴越郊原沐晓霜，秦淮庭院挂斜阳。
衰荷听雨何缘醉，新菊吟诗未觉凉。
满目青山春每忆，半空素月爱无忘。
归田白露融星影，学圃馀霞映玉光。

● 张兴法

钟南山

湿寒迷雾罩江城，破局临危探实情。
凝重闻言眉紧锁，坦然应答疫流行。
未如阻道连城染，不惧担肩掷地声。
性命相依天使职，安康所系白衣兵。

钟南山，男，中共党员，中国工程院院士，国家医疗与防控高级别专家组组长，呼吸内科专家，2020年被授予“共和国勋章”。

陈　薇

精研生物冠全军，专利原创均独门。
首款三期正推进，权威首肯布衣尊。
眉扬底气铿锵语，眼泛泪光巾帼魂。
滴水之恩涌泉报，饮其流者念其源。

陈薇，女，中共党员，中科院院士，军事科学院军事医学研究院研究员，生物安全专家，2020年被授予“人民英雄”国家荣誉称号。

● 张爕璋

爱梅小札

一

莫道含情写意难，暗香沁骨剧清寒。
纵渠解语偏无语，梦里相思画里看。

二

独醒一枝追梦难，欲倾香冷不知寒。
梅花自向闲中老，浮世从容淡处看。

秋夜重读亡友遗文

风撼秋桐夜未央，读诗但觉满庭霜。
犹存文字因缘现，已去人天离别长。
自有真情山不改，心念雅抱海难量。
旧编在握遣悲切，回梦追思一瓣香。

题关山月红梅图

无情时代有情物，且喜新年胜旧年。
缓展画图情绚烂，长吟诗句复留连。
暗香渐透枝头雪，疏影轻描笔底烟。
多谢关山月色好，红梅伴我一生缘。

● **张玮菁**

庚子中秋

中秋敬拜我天宗，内景应和外景同。
丹室月明腾紫气，金身赋与太虚空。

齐天乐　月明

丹辉铺展延年路，人天旷然修晚。素月玄同，因缘妙果，化被大悲大愿。霞窗涧暖。室景入圆明，玉壶光转。升降如轮，便从容绮岁轻换。　星垣霄宇历久，宿仙台紫府，云鹤经眼。玉露金风，百无漏永，道气周流无限。神凝息远。一粟现三千，五华盈满。如此江山，洞天中慧观。

● 房焕新

雁

塞外沙寒欲远征，相呼刷羽作南行。
披霜曾念千三界，奋翼如归百二城。
日憩洞庭嬉浅渚，夜翔湘水宿清坪。
栖飞志录凭安见，江北江南无限情。

萤

小虫熠熠亮平川，常日依偎从草边。
星乱风天吹不灭，雨斜沼泽洗还燃。
景华宫里入帘巧，车胤囊中咏孔贤。
烂腐江湖话功过，兴生腐里感怀牵。

蝉

吟云啼日任西东，秋月江湖声断终。
蝉去蝉来村舍里，童歌童哭树堤中。
贪名顿觉无穷尽，入墓方知万事空。
分别重逢总有日，归来忍听噪清穹。

● 黄仁才

夏日观荷

小小池塘招客来，嫣红菡萏竞先开。
穷追鲤戏如羊影，轻吻蜻迷妃子腮。
晨念含苞香远去，夕图擎雨韵幽回。
清风拂面凉亭坐，燕雀叽叽欢语陪。

游金泽古镇

古乡金泽感如何，拱月似虹桥最多。
狮子石雕浮绿水，明珠灯影入长河。
游人登塔观全景，花鲫划鳍逐细波。
载客船娘穿梭过，笑容满面乐跎跎。

烈士纪念日重置回国抗美援朝战士遗骸感赋

千里援朝蹈战火，上甘岭隘数艰辛。
烟消云散无踪影，草莽茔荒埋汉臣。
冥界长眠逾半世，人间时盼几多春。
感恩和国谙修义，肃穆新陵绿似茵。

● **郑宗健**

千岛湖鸟瞰

一

碧玉缤纷落九霄，秀湖装点十分娇。
眼前西子三千座，胜过苏杭八百桥。

二

有约冰心共玉壶，骋怀一望向三吴。
登高上得光明顶，仰对苍天俯瞰湖。

减字木兰花　65 米射电望远镜前随想

鸿蒙混沌，后识先知谁辨问，探测深空。慧眼从容对宇穹。　穷思骋目，沧海而今多一粟，多彩人间。神镜添来焕大千。

● 李传芬

赞教师

三尺讲台上，百年培育人。
披星燃烛夜，迎日吐丝晨。
不羡黄金屋，犹存白玉身。
欣然桃李满，甘愿毕生辛。

秋　风

月洒桂花飘院香，寒山斜雨滴衫凉。
吹来田野菊霜白，剪落园林桐叶黄。
朗朗书声萦叠岭，翩翩雁叫引华章。
纵然疫虐天萧瑟，摇曳红枫故国祥。

清平乐　菊园

东篱菊圃。晚艳霜山素。蝶嗅冷香纤蕊舞。良遇悠然佳处。　　淑女掇撷金葩。暖男酿造流霞。翁媪携扶作客，清澈溪水烹茶。

● 李震清

听胡老师讲红色诗歌有感

厚今薄古无须恨，能古能今真学问。
说得红篇万众听，苏黄闻却羡三分。

苏黄，指苏轼、黄庭坚。

蝉

此物欣然见于夏，餐风宿露树为家。
引吭声彻鸣高远，登临身轻着薄纱。
修得七天生世断，忍将三载穴泥爬。
炎歌一曲愁方尽，唱到秋来葬落花。

宿黄山宏村

白云如雪绕青山，几处古村画境间。
入耳林禽声呖呖，侵肌石涧水潺潺。
茶香一盏心安静，愁淡千丝梦自闲。
四野清风留客坐，雨来衣湿踏歌还。

● 楼芝英

新　柳

烟隐鹅黄色，轩乎拂素衣。
薄阴邀雅客，清绝待莺归。

次韵姚国仪老师荷缘

半亩瑶池菡萏家，清流尽处伏鸣蛙。
亭亭静对波中影，隐隐香缠水上葭。
过眼娇容皆老去，化身莲座自升华。
风荷不入红尘事，淡写人生忝佛花。

憾庭秋　唐平秋夕

唐平湖湿地，垂柳拂水，秋荷静放，夜景悠然，晚饭后沿湖揽景，乐趣也。然次日须回沪，心有不舍。

暮天星朗清婉。谢晚荷相伴。蓼风轻送，微波映月，夜阑魂断。　　蝉声宛在，离人情结，似听声短。感唐平秋柳，殷勤拂我，自是眈恋。

● 褚钟铭

读立峰兄七律吾问

一宵杏雨带愁听，柔意绵绵似有情。
醉语江南春水绿，神迷故里夜灯明。
缘因梦蝶安知我，子亦非鱼可效卿。
竹影摇窗风骤起，落花依旧悄无声。

● 郑荣江

玉兰花谢

坠梦香痕化爱怜，欲知花语慰愁烟。
几时借得梨魂醉，一夜凝成月晕缠。
许是春风回故里，尤弹凤曲乱心弦。
纷飞玉絮随歌尽，纵有痴情也怅然。

天仙子　春风有约

一剪寒梅随梦听，欲驾箫声探幻境。轻风片刻到江陵，龟蛇静，黄鹤冷，驿使依然陪月影。　临水暗香频照镜，无计留伊空酩酊。红尘有约几时归？驰九溟，携任性，回首蓦然春已醒。

驿使，梅花别称。

庚子端午即兴

端阳水冷忆湘妃，又见屈平迎日晖。
孤傲谁思丹漆类，恃才偏问浊清非。
宁知闾里恋浮梦，竟许朝昏还绕闱。
方正难容邪曲害，不如采菊掩柴扉。

悼观堂公

独自清平独自忠，绝才怆美骋长风。
人间词话前贤著，胸次箴言后学崇。
深识格天青鸟篆，至诚名世碧纱笼。
榴花鱼藻收袍铠，一代宗师一代终。

八声甘州　悼春

叹风云骤变折春妍，落花有谁怜。复霜寒侵骨，游丝纷乱，落絮衰残。窗外露光微泫，兀自泪潸潸。料峭楚荆夜，聒碎烟鬟。　遥想青阳拂雾，启华庭归梦，风动渊泉。看鱼翔浅底，鹰自击云巅。醉千山，春潮拍岸。育芳华，春讯报瀛寰。萧然断，去无着处，梵呗苍天。

● 郝金堂

钟南山院士赞

邪魔作怪乱春寒，幸有南山耸楚天。
挂帅登程马蹄疾，争分奔走玉环偏。
真言敢发惊江浪，哨韵音消泪怅然。
人至耄耋如青壮，千钧荡尽万重烟。

纪念王静安先生逝世九十三周年

盐官惯看浪朝西，宅傍州城颜氏祠。
学富中西映诗话，名扬南北破疑奇。
二重新法开天地，一代大家怜古枝。
虽别清华将百载，可闻人杰越前师。

盐官，王先生家乡海宁盐官镇，乃观潮胜地；破疑奇，指王氏独创二重证据法，破解古史研究中一系列疑难问题，建立新学科。

重庆游步韵胡教授原玉

四面青峰两水游，山城胜景望中收。
白公馆内泪千滴，解放碑高名万秋。
轻轨江天飞彩夜，华轮浪里看危楼，
沉沉暮色家家静，卧赏涛音无所求。

● 陈　波

廿年祭母

别离慈母后，梦里几回惊。
寸草萦肠结，长坟闭眼横。
寒风破窗入，残月伴床生。
泪洇耳边枕，声随失雁鸣。

己亥腊月初五，是母亲仙逝二十周年忌日。

外滩大会

两岸滨江飞彩虹，明珠闪烁耀晴空。
华标雁领全球化，国范龙趋世纪风。
数字潮来云海上，智能势运掌通中。
大咖际会开新局，正举金帆日向东。

全球首届外滩顶级金融科技大会于 2020 年 9 月在上海黄浦世博园区举行，主题为“科技让未来更普惠”。

捉放龟

秋晨雨后步朝晖，南浦滩擒曳尾龟。
难舍襟怀珍鸟兽，岂能锅煮沸汤肥。
巨鳌固浪濠梁上，灵物安栖涸辙非。
择日临渊送君去，江湖从此两相违。

近日，在南浦滩头芦苇丛中捉一巨龟，过秤 17.6 市斤，养三日后原地放生。

● 王　惠

绿地重开入游有感

园池久未逢，岁暮觅萍踪。
柰李多寥落，栾梧更叠重。
枝繁怀绿柚，草深问鸣蛩。
底事催黄叶，风寒白露浓。

听平湖先生流水琴曲

清音自是仙人撰，乍拍飞云起昼眠。
石罅初开鸣翠涧，松涛暗裂引冰泉。
虚生散泛千钧住，指聚轻凝曲水旋。
滚拂三重惊万壑，去留一韵付苍玄。
长吁罢案多荒失，敢望披怀少系牵。
纵性堪值临岳断，伤心独见玉徽妍。
萧萧可续清英在，寂寂无存碧落前。
更看当时东海上，长风皓月照年年。

管平湖先生有唐琴名“清英”，古曲《流水》以七十二滚拂超拔绝伦，曾刻之金盘载于美国“航行者”太空船播诸穹宇。《流水》为伯牙名曲，子期死，伯牙破琴绝弦，终身不复鼓琴。

曹雨佳

仲夏游临海龙兴寺

仙子今何在，海山尚可留。
烟峦凝暑气，晴海宿翔鸥。
求法天台去，传经海国游。
人间千载事，难付一扁舟。

南音雅艺

记十月四日蔡雅艺南音工作坊

东南遗韵晋唐风，代代抱琴有稚童。
一枕浮梁皆是梦，何妨消解管弦中。

眼儿媚　岁末感怀

扬却前尘作飞灰。乘月几人归。斯年将逝，那堪暮鼓，迭迭来催。　寻寻觅觅桥头立，波影惹徘徊。苏河镜里，垂杨犹自，抚弄清晖。

陈耔澐

采桑子二首

一

小园斜日穿金缕，檐角墙东。斑驳梧桐。澹到秋心不肯红。　抚琴细读声声慢，方洗愁容。词圣情浓。字字相融一梦同。

二

斜阳远树长亭路，时序匆匆。一叶秋风。落在云山万里丛。　乡音萦耳催归去，四季青葱。欲问家童。木偶仍藏竹篓中？

● 张 静

觅清扬

拍遍阑干无觅处，梅飙浅燠话清扬。
谁言世事皆俗媚，一举风荷正未央。

太平湖观夕阳

绿树蝉鸣送夕阳，鳞云彳亍为霞光。
高天不解其中意，翦翦清风惊霓裳。

靡茶花开

碧叶香云风细细，雪飞冰蕊半临池。
莫嫌吟者少知己，开尽荼靡有此枝。

● 裘 里

秋兴五绝句

余徙杭业二载余，居前有泛舟之溪，晨昏多烩鲜之味。星辰日月恍如身伴，烟云出没，变幻万千。一人一卷一窗一琴，思古而抚今宛在梦中，更稚子幼女伴以知时序、识人伦，余复何求？

一

北山多落叶，衫柏未披霜。
冷冷青如月，遥瞻白玉床。

二

百尺生危石，有虫涧下鸣。
路寒薄翠色，吴女岂深情。

三

菊谢多梦趣，踯躅尺素旁。
欲行长感物，流水自相当。

四

九华催木叶，朝暮理荒芜。
鸣琴金石震，焚香拂古炉。

五

送君逢柳折，杯尽去城南。
笃意离人故，难言忆此簪。

● **西湖竺**

端午二律

一

辗转昆仑奋白巾，烟波曾为画眉青。
难寻秉伞湖中客，岂醒吹笙梦里伶。
寺外高墙嗟过往，塔边低户恨曾经。
常人只道雄黄烈，漫是无情不肯听。

二

自诩逍遥唱翠庭，金樽醉里掷流萤。
更深有意寻吴棹，漏浅无心阅楚经。
瀛客长穿山海雾，渔人泪仰汨罗亭。
西窗话尽平生事，对饮清江月满汀。

● **卢　浥**

临江仙　雷斯岬国家海岸公园

半岛踏歌秋色满，北加灯塔归航。闲游原野草茫茫。海狮沙滩卧，牵马饮丘旁。　　几经登高云寄远，别来何日重行。回身坐赏又斜阳，赋诗惊宿鸟，千里梦归乡。

● 顾 青

秋思三首

一

岸头风乍起，扶帽鬓飞霜。
轻絮粘孤影，远波泛小觞。
楼高成一堵，云压不逾墙。
每举轮光转，他乡近故乡。

二

皎皎瑶台客，将何复寂寥。
盈波云水路，折柳灞陵桥。
旧忆随风定，新愁待酒浇。
相思深一尺，幽巷数芭蕉。

三

隔江闻雅意，褰裳涉兰舟。
云静分烟曙，弦鸣渡野鸥。
荻花南浦盛，山色北窗稠。
叶落成微雨，围炉不话秋。

● 时 悠

蝶 花

提笔丝绒白玉宣，紫纱轻挽沐春烟。
飘风飞纵三千里，请作东君到眼前。

开元寺听经

春时桃李雪时松，俯仰嗟哉会酒浓。
欲证心源听佛语，禅庭晓梦一声钟。

自题微观小景

绿锁苔痕指险峰，钟灵驰骋意从容。
凌高雾曳青山半，一览奇形几万重。

● 刘　水

月夜有怀

遮莫东君唤不回，关山梦里几衔杯。
隔帘惟见中庭月，犹照苔花独自开。

题杨铨先生画作

古木青峰酒半消，坐临流水看春潮。
一襟晚照题诗懒，停棹波心乱弄箫。

遥　寄

廿天夜雨唱阳关，空记西窗烛泪闲。
赖是归期初已定，无需惆怅对巴山。

秋　游

踏露欢歌过野桥，一溪红叶水迢迢。
我来自有青云志，欲为霜天破寂寥。

● 王　云

八月食敬亭新栗

栗果远从乡国至，秋时玉腊最思拈。
脆心犹裹清樨气，一食轮回老岁添。

暮抵日本京都

四月娇樱发满町，行车处处过重瓴。
野云低拢山方晚，偶得投窗一把青。

● 张冠城

立秋书怀

叶落初惊楚水头，便知物候渐行秋。
蝉声犹唱梧桐树，月影未笼芦荻洲。
且待金风送归雁，更期银汉渡牵牛。
尚余三伏蒸炎暑，欲泛五湖兰桂舟。

西江月　故乡月

二十四桥明月，一千余载玉箫。三秋桂子御香缥，共影澄湖瀛岛。　吹取锦帆归处，骑乘云鹤碧霄。茱萸湾里海棠娇，更待重阳菊好。

● 史济民

夜游太湖明月湾古村

水墨浓浓洇古村，幽深小巷夜昏昏。
疏星几点寄残梦，明月一弯留旧痕。
树老秋霜惊惜别，舟行暮雨黯销魂。
渡头传说当年事，心绪满腔能细论？

咏西陵峡

西陵险峻向东开，两岸崔嵬蔽日来。
岭谷风狂杂猿啸，川江水急伴龙雷。
先贤意气传千载，故国情怀烁九垓。
一自平湖出高峡，碧波荡漾唤春回。

苏州天平山赏丹枫

吴越高秋入梦浓，驱车百里遂初衷。
连云黄叶半山杏，倒影清湖一岸枫。
诗思欲飞凭好酒，胸怀如洗纳晴空。
缘何此处久留恋，因爱深情中国红。

游苏州可园

携友深秋访小园，兴题诗句到吟边。
双栖水鸟白胜雪，独立霜枫红欲燃。
槛曲临池皆可可，檐飞带雨尽翩翩。
濯缨濯足空怀旧，已换人间五百年。

● 倪卓雅

茶

窗前梅雨频，案上碧螺春。
叶细含青黛，茶甘润绛唇。
阴晴皆转眼，名利岂关身。
杯里风云静，倾壶日月新。

黄山松

融入群山里，涛声若涌潮。
霜侵针叶翠，根劲岁光雕。
陡壁迎风立，虬枝向客招。
摩云挽飞鸟，千载自逍遥。

观雁荡山大龙湫瀑布

天兵降碧穹，击鼓若洪钟。
化作千寻练，添妆百里峰。
濛濛喷碎玉，隐隐露真容。
我欲临危顶，乘云驾巨龙。

和姚国仪老师梦馀

夜梦犹追父母踪，未曾雾障积云封。
教科研学人无倦，剑器诗书情独钟。
青冢连枝翠松柏，黄泉并蒂白芙蓉。
亲恩从此难言报，遥祭心香入九重。

● 朱强强

聚景园咏柳

杨柳原来会画图，千丝万缕一西湖。
日斜翠幔水红绿，风吹珠帘山有无。

柳浪闻莺，旧称聚景园。

放鹤亭咏梅

远眺西湖近看梅，深红浅绿悄然开。
桥无白雪输一阵，堤有清香赢一回。

孤山有梅三百余，香盈白堤。

满觉陇咏桂

难画西湖秋日风，但看好景入图中。
香来客过满觉陇，花落人披黄斗篷。

满觉陇植桂七千余，十月湖播桂香、陇飞花雨。

压堤桥咏风

远去近来看似无，披红挂绿满皇都。
一湖细浪研朱墨，画出苏堤春晓图。

压堤桥是苏堤观湖最佳处。

● 季　军

纪念七一

腾蛟起凤党章鸿，九九征程道辟通。
不忘初衷心有信，复兴伟业艳阳红。

二大会址

乌门天井忆斯人，首部党章醒庶民。
起凤腾蛟真有兆，神州至此始逢春。

纪念八一

旗展雄狮气势遒，南昌起义乱云收。
恰逢百载新危局，高唱军歌震九州。

卢沟桥

惊天一吼震寰球，唤醒中华四亿仇。
今日卢沟观月色，群狮依旧护桥头。

● 蒋嘉宝

送儿上大学

苦尽寒窗梦，今朝及第来。
男儿存远志，锐意上高台。

题山水画

梦游山谷中，四季景非同。
畅悦以寻壑，春林又郁葱。

谒金门

秋风透，微谅暗侵襟袖。笑啖蟹肥犹把酒，写青山竞秀。　　幸有诗书画佑，凭此长宜相守。三绝难成终积厚，伴优游漫走。

● 袁人瑞

与东平文友游明珠湖

名湖曲岸步长廊，雅集华辰共举觞。
十里荷花开野浦，一弯虹影落天方。
地层密码神工记，瀛岛明珠妙手镶。
夕照依依忘归处，乡愁黯黯起彷徨。

赞崇明岛

龙珠一拭射天光，万众同心奔小康。
世界讶迎生态岛，崇明喜写大文章。
楼台靓丽千村富，花木葳蕤四季香。
皓首妪翁歌蔗境，田歌唱彻韵悠长。

长江口的崇明岛被誉为“龙口明珠”。

乡村巨变

春风澍雨沐田畴，燕子归来讶靓楼。
宽带传输连院落，广场舞动到村头。
森林更比氧吧爽，户籍而今农字优。
银发妪翁开眼界，前番结伴逛苏州。

● 姚伟富

悼恩师季肇伟先生

十年端坐讲台旁，指点江山话宋唐。
三册诗书留韵味，一生足迹闪星光。
淡看顽疾吟歌赋，笑对磨难炼脊梁。
今隔阴阳悲离别，有缘唱和在苏杭。

季老师生前著有《现代人学诗词》、《中老年诗词教学》和《论现代诗词创作》。

江城子 怀念章老

十年聆听实难忘。静思量，诉衷肠。点石成金，神采尽飞扬。纵论人间多少事，心淡定，志翱翔。　如今讲学到天堂。梦长江，恋苏杭。飞越申城，共度好时光。遥隔银河情犹在，常惦记，两相望。

● 贺乃文

湘西龙山县果利河感旧

尝住龙山日，弄潮嬉此河。
一泓环辟县，万叠皱鳞波。
世事浮云幻，光阴健翼过。
故人皆不见，薤露忍成歌。

还乡记忆

涓江入梦水悠悠，乡国溪山悦远眸。
地势曲连清障绕，波光环匝翠烟浮。
还家贺监人谁识，抚树桓温泪自流。
去日儿童今老耄，一壶村酿话从头。

行经湘潭白石

车过白石思绵绵，大匠音容宛在焉。
毂下交游时际会，画坛声誉凤腾骞。
湘魂已去追何及，蜀魄空啼意惘然。
易俗河喧人不见，幸留佳作至今传。

清平乐　篁岭人家

路临天壑，桥嵌玻璃薄。下视重渊魂胆落，忐忑行过峭崿。　篁岭山上人家，望衡对宇参差，市远绝无尘杂，神仙也似生涯。

● 夏建萍

过思南公馆

瓦墙卵石嵌清愁，公馆联排探旧游。
楼影参差云气袅，半窗隐约树阴稠。
烟萦往事浮轻梦，雨沐红尘易白头。
史海沉沙听不尽，一时无语剩幽幽。

过四行仓库

四行战火去非遥，惨淡愁云久未消。
八百铁躯成永恨，一腔义愤化江潮。
犹闻枪炮当街响，更见红旗阵上飘。
弹孔累累难尽数，行来近看满墙焦。

过总商会旧址

绿树繁阴四面环，仰看屋顶倚云间。
红墙石柱披晴翠，野草闲花映客颜。
何幸商楼逢运泰，也曾风雨历时艰。
烟尘过眼真如梦，谁识门前燕往还。

过太平花园

迩来移步过楼前，触绪萦纡暗自煎。
劫难幸存斟叹息，石碑犹在固凄然。
登梯不觉弹新泪，入径如何忘旧年。
历尽死生情未已，闲看日色感时迁。

● 李文庆

中国天问一号火星探测器发射成功

喜见长征又一程，送飞天问火星行。
中华圆了千秋梦，屈子忠魂天上迎。

题渡江第一船京电号

渡江激战忆年年，犹记冲锋第一船。
闻说原来沈家造，仰寻泾水港湾边。

浦东洋泾沈记船厂建造的“京电”号，是解放战争渡江战役中的“渡江第一船”。

八一有怀纪念南昌起义

几番千里访南昌，赣水清清思绪长。
今日丰碑雄魄铸，当年怒火义旗扬。
为民血战打天下，从此长征迎太阳。
四面风云伫望久，军歌惊梦听铿锵。

风入松　沪上洋泾情

泾水静悠悠，古镇自风流。儿时总爱沿街逛，最难忘、放学郊游。呼伴烟村溪畔，舒怀绿野田畴。　　归来但见万千楼，寻问旧桥头。眼前崛起新都市，凝眸处、绿荫鸣鸥。仰羡参天银杏，贪看春艳神州。

● **张忠梅**

贺北斗三号系统 BDS 组网成功

长征一跃上苍穹，北斗安然入轨中。
巡宇问天辟蹊径，通天接地架霓虹。
星辰含笑迎新客，华夏欢呼唱大风。
廿载凭谁圆绮梦，导航定位有豪雄。

贺天问一号赴火星

长征助我太空行，银汉迢迢望火星。
负载千秋华夏梦，系萦万里碧沙汀。
初心牢记觅新路，使命长催叩秘庭。
待得凯旋相庆日，漫听环宇响雷霆。

巫山一段云　读化萌诗家巫山一段云八首有作

云幻巫山影，行吟水上舟。诗人歌发兴悠悠。清丽绘风流。　　白帝烟岚涌，神农恩泽留。红岩回望矗心头，浩气壮千秋。

鹧鸪天　洋泾漫吟

小镇人喧古渡头，物华天宝史中留。绒花织锦腾千彩，京电过江惊九州。　　思进取，赶潮流。青春焕发展宏猷。新城大厦连云起，笑语欢声堆满楼。

浦东沈记船厂建造的“京电”号，是解放战争渡江战役中的“渡江第一船”。

● 古开烈

乡　愁（排律）

忆老家红薯粉丝

插枝弯臂痛，翻蔓折腰煎。
盼叶多光合，祈根厚泽渊。
淘苕清又洁，磨粉细添研。
筛丝汤滚出，高热日烤延。
疟染亲娘忆，甥孙快递贤。

1950 年夏我染疟疾后，母亲用自家栽种和制作的红薯粉丝给我作食补，使我快速康复后得以继续学业。六十多年没吃上老家的红薯粉丝，今有家弟外孙自渝老家寄来，感而赋。

纪念抗美援朝七十周年

今年的 7 月 24 日，是我抗美援朝参军入伍的六十七周年纪念日，遂作此抒怀。

一

苦水煎熬迎解放，从军投笔为酬恩。
炊烟袅袅减租起，庄稼悠悠土改源。
爽脆书声添惬意，庄严誓语促前奔。
枪林弹雨何惊惧，抗美援朝为国尊。

二

朝鲜烽火熊熊起，唇齿相依利剑悬。
毛主席筹帷远胜，麦将军算计徂颠。
百年国耻今朝雪，一战军威万代绵。
风范长存山水美，精神永驻海天妍。

● 李积慧

母亲节忆母

卌载黉门杏坛路，讲台三尺浴昏晨。
身虽灯下批朱语，心已床前掩被巾。
卷幔持家影忙碌，相夫育子历艰辛。
邻朋友善人常忆，怀橘无多梦愧真。

忆崂山游

东海仙山一叶莲，白云飘落几分烟。
龙潭喷雨溅亭上，南峤飞墩倚浪边。
狮子峰前霞色染，太清宫内御碑传。
道家精妙诚中得，相说兴衰悟了然。

游鼓浪屿望金门岛感怀

奇峰突起日光岩，岛屿沧溟直挂帆。
雁点荒台慵与倦，风翻白浪苦和咸。
瑶琴萦耳泣长别，草蔓沾痕湿布衫。
两岸而今片云隔，何时一统棘篱芟。

水调歌头　芦花

月下素娥影，淡淡晚风斜。柔枝迎送，丝丝缕缕覆轻纱。骨相清癯瘦影，簇簇丛丛相对，姿态各清嘉。烟雨绘苍莽，寡欲避繁华。　雾色起，斜月挂，意幽遐。翩翩黄叶金缕，垂暮几叹嗟。花事阑珊飞絮，眼底眉头心上，轻拂掠云霞。衔雪随风起，自在向天涯。

端阳即兴

● 柯玉娇

悠悠故国重端阳，处处端阳处处祥。
菖蒲香囊龙舟竞，雄黄蒿艾百家康。
叶芦巧手千心裹，汨水柔怀万斛长。
待到粽香盈满室，诗情袅袅绕房梁。

谷雨咏茶

● 张培连

雷唤群峰雾笼纱，满坡芳树露琼芽。
临溪焙茗香侵海，隔岭对歌声入霞。
明后雨前盈万瓮，江南淮上载千槎。
天山引得雪泉水，壶口沸腾来煮茶。

贺北斗导航组网成功

一箭升空圆梦成，迢迢银汉泛舟轻。
纵横北斗风雷动，跋扈天狼魂魄惊。
迷雾重重开混沌，前途寸寸探分明。
寰球织起连心网，命运共同歌共鸣。

定风波　端午怀屈原

烟雨潇潇天地茫。举樽酹酒汨罗江。浪卷旋涡心荡漾。遥想。峨冠素带吊家邦。　　恍惚沉思被雨醒。聆听。龙舟可有祭江阳。高诵离骚谁响应。寂静。唯闻一缕粽清香。

● 顾士杰

再吟梅季

大雨如泉注，绵连似落丝。
耳边多淅沥，琢句好吟时。

赞北斗

自古七星方位座，而今北斗惠全球。
中华亦有倚天术，组网苍穹竞自由。

唐　风

一部唐吟千古诵，精深妙寓仄平中。
功夫笔力在诗外，善背亦非能驾风。

● 朱化萌

重游杭城

孤　山

重上孤山兴致浓，登阶绕径觅遗踪。
西泠篆印闻天下，留影碑前表意恭。

三潭印月

泛舟湖上访瀛洲，旧影依稀忆岸头。
岁月变迁潭不变，长邀月亮印清秋。

清河坊

吴山脚下宋街行，仿古犹真得好评。
漫步坊间如穿越，千年雅韵故园情。

如梦令　古园雅韵

池丽亭幽园静，浓绿夏花芳景。沉醉在其间，如梦似真难醒。仙境，仙境，但愿永存瑶影。

● 胡培願

古　堰

岚翠无声起，微寒水畔西。
江中舟泛影，堰上鹭翔低。
万木经风劲，三渠护雨畦。
何为耕寸土，云在碧湖栖。

通济堰，位于浙江丽水莲都区碧湖镇堰头村边，建于南朝萧梁天监四年（公元 504 年）距今已有 1500 年；三渠，通济堰管道呈竹枝状分布，由干渠、支渠、及主渠三部分组成，蜿蜒穿越整个碧湖平原。

猴谷岭寻兰

缓步浮溪里，门扉倚稚颜。
问途猴谷岭，遥指翠云湾。
曲径通高岸，潺湲绕土圜。
寻兰高木下，隐处半崖间。
不敢呼山险，惟恐骇静娴。
临风香满袖，入室去痴顽。

浮溪，黄山汤口镇浮溪村。

● 郭　莹

读老子有感

松涛竹海筑方舟，紫气东来欲所求。
老子妙言传万代，无为大道倚春秋。

一字诗

一山一水一禅心，一梦悠悠一静吟。
一鹤一云相对影，一风一月一寒襟。

● 陶寿谦

抗　洪

骤雨惊心孽水狂，江南大泽浴中乡。
通湖要塞千重警，去海汹涛一路慌。
夹岸旗扬人映赤，三江浩荡浪骋强。
洪流汇集回天力，人定胜灾奔小康。

● 傅婉霖

贺友人生日以寄

萍水相知久，江山两地遥。
云间风淅淅，海外雪萧萧。
远矣当时事，怀哉旧日谣。
与君同置酒，一醉在今朝。

回友人庆生以步韵

凝露春花半映愁，怜花翻作替花羞。
帘听细雨诗常晦，枕看闲书梦更幽。
望远有心逐流水，思君不见倚妆楼。
梢头一影青青色，是我殷勤为尔留。

● 蒋露银

无　题

初冬夜色月光寒，青竹绕墙长一竿。
春日人欢唱慷慨，冰天地滑步蹒跚。

诗　思

曾经意气昔时藏，何日豪情几近亡。
人拙何谈雕鹗志，才疏偏爱折寒香。
案头每恨文辞少，镜里常悲岁月霜。
易有心思难致用，回眸往事九回肠。

自　嘲

世事纷纭茶半壶，久惭迟钝日糊涂。
吟诗始觉乌啼夜，背帖终成鬼画符。
新树堪惊几枝壮，旧坛还见独花枯。
可怜贾岛双行泪，老妪才疏一滴无。

游武夷山汉城遗址

衰草丛丛埋旧宫，孤松高柏对天穹。
残碑古石千年远，碎瓦深纹百代空。
荒殿还曾舞轻袖，颓垣浑未断兵戎。
客来更问城村事，一叹无声四面风。

● 张贵云

扬州瘦西湖

松涛曳影柳烟稠，碧水粼波掠鹭鸥。
淮调俚歌声韵脆，乌篷棹漾乐逍游。

松江仓城怀古

鹿回鹤恋云间地，觅古寻踪总梦萦。
汉瓦秦砖雕栋画，名人宅邸簇相峥。
深闾曲径廊楼枕，绕港环城秀水横。
吴越风情今再现，繁华盛景胜明清。

致敬攀测地球之巅的勇士们

远古天神造化功，九州域地铸奇穹。
峦逶壁立峰悬耸，冷冽冰凝雪漫丛。
勇士敢为凌绝顶，豪情气壮贯长虹。
今朝华夏多英杰，赤帜高扬屹世雄。

● 钱建新

金秋徒步郊游随感

青春渐远欲奔七，消遣年轮继奋蹄。
合脚轻鞋双足适，豪情壮志一心栖。
步量国土三分累，目赏田园百象迷。
穿巷过街寻客栈，斟词酌句品醍齐。

晚年钟情寄吟咏

当年报效国家事，投隙推敲韵律填。
索字千章强作对，激情一刻又佳篇。
挑灯试笔充骚客，伏案凭声唱和缘。
解甲归来还夙愿，夕阳媲胜艳阳天。

喜得孪生孙女孙子

2019年11月5日即农历己亥年十月初九，儿媳在上海一妇婴剖腹产，诞一女一子，余喜不自胜。

猪年十月三三日，龙凤呈祥莅我家。
贺客盈门肩踵续，佳言充耳绽心花。
凤鸣昼夜啼声亮，龙挺高吭脾性邪。
囡囝捧怀亲不够，含饴正待育芳华。

● 瞿　春

闻武汉解封有感

楚天风雨战旗收，春色重登黄鹤楼。
日暖龟蛇犹怯怯，花明江汉复悠悠。
孤城霜笛连三月，壮士丹心系九州。
笑看晴川来往客，谁听鹦鹉说离愁。

访滨江办公旧址

花恋春天叶恋秋，清明旧地更风流。
芬芳绿岸一江水，缱绻斜阳百丈楼。
往事峥嵘存断壁，沙鸥踯躅识扁舟。
云开半露当年月，似笑故人尤白头。

泰兴秋咏

日涌江潮月送鸿，炊烟袅袅稻香风。
芳洲棹影斜霜鹭，古镇禅钟归学童。
益寿金桃王母妒，生津烧饼武郎崇。
白云一片逐高铁，绕水人家几树枫。

金桃，白果的雅称；武郎，指武大郎。

● 王永明

疏帘淡月　对月感怀

一

残星絮语。对月白风清，唯吾和汝。细品人生，终是太多凄苦。且斟小酒杯中诉。一天天，枉消朝暮。老归郊野，比邻鹤路，几畦禾黍。　古稀矣，余年可数。问世间情愫，可能相许？万里魂游，只在梦中携侣。怜君病痛真无助。正愁余，眉结常聚。夜深人寂，露繁草湿，沁人心腑。

二

覃思夜永。剩一地琼瑶，寂寥清影。对月无眠，袅袅一瓯香茗。流光总是怜孤耿。感君情，此生何幸。壮心虽老，雅风莫弃，结愁休咏。　又新岁、流年注定。愧鬓边华发，齿寒肌冷。万古冰轮，照我如灰心境。多愁自古还多病。黯神伤，仙药谁赠？广寒月姊，慈悲大士，十方医圣！

三

凌波荡漾。撒万点涟漪，夜空明朗。斗转星摇，摇尽佛前空相。前生后世归冥想。细思量、唯余叹怅。古稀将至，玉轮渐远，梦魂难忘。　倚楼望、咸宁万象。似远山初醒，气清风爽。朵朵红霞，莲步曾闻轻响。乘风仙子悠悠降。向人间，曼舞低唱。慕思久矣，君其顾我，寄情神往。

● 李学忠

蚯　蚓

默默无闻土里藏，改良生态疾耕忙。
但求大地春常在，身化香泥献寸肠。

千岛湖

拦洪大坝呈千岛，入水群山接碧穹。
白鸟凌飞峰远近，兰舟荡漾浪西东。
崇丘磅礴晨曦艳，暮霭苍茫夕照红。
云绕嵩峦镶翡翠，神迷目眩似仙宫。

千岛湖实为新安江水电站水库，1960年建成。因蓄水，两座千年古城、三十万亩良田沉入湖底；数千座高山被淹没，其中露出水面的一千多座山峰化作岛屿，于1984年命名。

念奴娇 沪苏通长江公铁大桥感赋

巨龙欢舞，九霄雄姿展：天工开物。逐电追风穿亘古，气势峥嵘宏拔。远接齐、京，贯通申、浙，日夜飞车捷。顶天踵地，傲然环宇前列。　　喜看今日神州，东风浩荡，山水齐欢悦，筑梦高潮汹涌起，万里旌旗飘拂。扬子飞虹，紫琅毓秀，三角洲魁崛。大江东岸，眺瞻江海超绝。

紫琅，狼山的雅称；江海，南通的别称。

● 王怡宁

秋　风

红了枫枝黄了禾，频催大地泛金波。
曹公高诵洪涛涌，汉武轻吟哀怆多。
飘叶班妃悲画扇，思鲈张翰渡乡河。
又看萧瑟神州起，传送人间幸福歌。

临江仙 端午

烟雨迷离丛竹翠，榴花满树鲜明。激昂鼓点踏波行。菖蒲驱疫毒，角黍寄民情。　　遥想汨罗江畔影，行吟恸哭苍生。怒涛欲唤世人醒。离骚悲万古，天地祭英灵。

临江仙 西溪吟

百里河塘烟浪碧，青青杨柳蒹葭。竹林掩映夕阳斜。清风翔鹭鸟，时雨润桃花。　　烟水渔庄春几许，泊庵几度明霞。扁舟轻漾听仙笳。桨声云影里，一梦到天涯。

烟水渔庄，新建的西溪农渔文化展示中心，取柳烟、炊烟、水烟之意；泊庵，明末清初钱塘人邹师绩庄园。

● 刘喜成

黄浦江边远眺

鹭鸥起舞过江边，极目波涛逝枉然。
黄浦浮红舟载影，碧堤垂绿柳摇弦。
花飞芳苑霞涂画，雁叫流云竹引缘。
欲向松原询胜迹，千行诗句入壶天。

满江红 缅怀抗日英雄杨靖宇

举目关东，青松立、浮云千叠。听枫叶，兴安凝泪，秋江呜咽。靖宇横眉驱日寇，苍鹰冲汉嘶风雪。大英雄、舍命保家园，成先烈。　怀胆气，开壮阔；惊鬼魄，歌如铁。杜鹃花结伴，赤旗飘拂。黑水有情悲壮士，白山无悔埋忠骨。忆军魂、虎胆动乾坤，词千阕。

● 刘　觉

感赋宇锦先生游记

日月开胸襟，山水本有心。
徐去烟霞客，今来继晓君。
岭川入城廓，夺目野花明。
车稀人幽静，游鱼戏波清。
瀑涤尘埃净，火炼奇石情。
壮士捐躯立，赤土铭英灵。
华夏品有格，孜孜求复兴。
人本自然子，宇宙飞蓝星。

读中华诗词地理上海篇

继诸水敖先生之胡晓军会长及多位名家诗词佳作有感

海上名家展才思，清秋喜得闹春枝。
春之馥郁秋之韵，潺潺心溪汇新诗。

沪上昆剧

华亭典丽玉茗优，昆艺传摧秀蕊抽。
新世笛曲佼佼者，继往开新情悠悠。

● 刘绪恒

西藏行吟诗

火车夜过可可西里

应恤羚羊伴雪眠，悄声轻影过荒垠。
珠峰子夜初惊醒：谁舞长龙到殿前？

藏民生活

八廓街楼暮色中，金红晚照雪冰峰。
经筒已转万千旋，夜饮香茶倍觉浓。

怀念青藏铁路建设者

直将天路系云霞，冰雪茫原苦作家。
数万兵工英气在，洋洋洒洒夜吹沙。

永遇乐　会稽山大禹陵畔怀古

松海聆涛，好峰化锦，上古遗岫。叱咤神州，开山治水，偏把江河镂。兰亭修禊，惠风和畅，兴叹营营苟苟。霞飞尽、闻先圣望，家国社稷安不？　鉴湖梦碎，马臻断首，多少白云苍狗。魂魄难归，佳期无再，恨世间嶙峋。沈园柳老，惊鸿照影，泪湿放翁长袖。西风恶、禹声惆怅，问民恙否？

“鉴湖”句，源出绍兴史：东汉永和五年，太守马臻总纳山阴、会稽三十六处水源辟为鉴湖，水域浩荡，四乡农民大受裨益，马臻却因此得罪当地豪门贵族，遭诬陷而亡。

曾小华

青玉案　读孙儿作文选有思

孙儿写作如探宝。构思巧，行文藻，运笔生花花更俏。佳篇选出，童言皆妙。出秀兰芽娇。　　祥麟有志鹏程杳。千里之行拜师要，万卷诗书胸气浩。兴家强国，启知从小，喜看朝阳耀。

青玉案　庚子中秋滨江望月思港儿孙

笼江宿雾催秋暮。皎洁月，天涯路。遥夜难言吟泣露。天高思远，水长飞渡，心意由风诉。　　纤云掩月添愁堵。高处寒流恼心顾。涌浪声声时记住。中华一脉，同为手足，暖在情深处。

青玉案　庚子金秋小平台诗友去晦记

雨愁那些寻欢处。疫还在、逍遥聚。谗酒只为情相絮。亲们群主，笑声莺语，一醉能禅悟。　　新秋叶茂留香驻。鸣雀高歌把欢谱。热闹平台诗与赋。吟情难尽，好时不负，还约来年赴。

陆　英

七夕有感

相偎月夜道离愁，炽热千年人尽求。
一旦天天桥上见，或因琐碎辩难休。

秋　雨

入夜滂沱叶卷蓬，平明惊看有枫红。
篱边又见菊枝灿，江畔更添花伞丛。

解语丝弦吹断续，多情斑竹湿空濛。
滴檐未必生惆怅，门户一开清韵同。

江南雨巷

水雾濛濛翠柳衙，小溪短棹画中赊。
板桥深巷暗苔藓，茉莉丝弦落雨花。
一袭素衣婀娜过，几方绢伞寂寥斜。
依稀往事均随梦，牵念江东故里家。

观落叶

飘零落木浸秋霜，疑是春朝蝴蝶翔。
灿灿关情三径暖，翩翩幻梦一园芳。
入泥入画由他去，追月追风任尔狂。
世事静观皆自得，可舒眉宇免神伤。

● 孙可明

贺天问一号发射成功

群山惊仰首，烈焰啸埃尘。
飘渺云河绕，盘回轨迹巡。
太空求奥秘，瀚海问星辰。
国器开新旅，探寻宇宙人。

烟台蓬莱阁

丹阁凌空瞰，鱼梁钓水台。
霜天苍鹤伴，雪浪紫霞偎。
四面迎风望，群仙踏雾来。
海隅临胜景，城阙久徘徊。

纪念抗美援朝七十周年

跨江风烈烈，战士意轩昂。
志壮摧山岳，心雄伏虎狼。
名因千古耸，誉在九天扬。
今日诗当酒，书魂载锦章。

微信群读诗

微信频传尽是诗，因缘结社意交知。
身居闹市难无俗，情寄田园肯作痴。
每读佳篇皆妙句，堪供范典亦吾师。
愿陪日月圆残梦，一片初心共勉之。

● 余致行

秋　塘

榭阁柳烟残，锦罗荷影寒。
藻鱼攀黛巘，云雁赴霜澜。
蛩卉拨琴瑟，樨堤坠玉盘。
镜屏台墨厚，绚绮出垂竿。

苏堤踏春

东君日月剪花衣，西子云桥立玉肌。
虹带蓬峤牵翠谷，龙舟清浅下芳池。
千声莺燕麻姑悦，十里柳桃玄圃奇。
莲步轻身踏风色，一堤锁尽上方姿。

鼋头渚

危阁雕栏碧汉横，飞舟玉练翠蓬瀛。
锦桥上月木樨馥，鹤殿入云金日擎。
松鹊芳英吐仙语，岩龙霜雪翥湖行。
钧天青帝看吴越，独此风光处处惊。

● 李枝厚

祝贺医师节

今岁医师分外劳，治疗抗疫一肩挑。
保民安命和康健，立下巨功当自豪。

窗前观景

一溪碧水竞舫游，沿岸垂杨似害羞。
低首随风波上舞，平台几老放歌喉。

● 葛贵恒

题贵阳甲秀楼

独占鳌矶秀黔贵，风骚引领甲西南。
明河襟带一桥接，城邑为邻两相参。
亭对文昌遥古阁，窗含灵岫现烟岚。
楼雄巍峙昭来者，领异标新当勇担。

黔灵山公园记游

遥望黔灵似翠螺，缆车往返似穿梭。
山中百鸟竞鸣放，道上群猴嬉戏欢。
林壑景深难赏尽，人文丰厚任观摩。
园精添彩城市美，画在此中诗亦多。

咏黄果树瀑布

瀑练轰然出青冥，飞流直下九重渊。
吐涎喷沫风飘雨，漱玉抛珠雾笼烟。
越谷声喧威动地，开山形盛势惊天。
地灵造化融圆美，美在雄奇敢创先。

黄果树是世界上唯一前后左右上下可观的瀑布。

● 刘金根

竹节海棠

背诽面绿萤星叶，垂挂灯儿系竹枝。
红艳最宜朝露后，妖娆总在夕阳时。

望海潮　广富林抒怀

九峰三泖，天香云外，人寰沧海桑田。歌以咏之，云间小镇，敢为考古宏篇。被硕果魂牵。古灰坑石器，建筑墙垣，陶器铿锵，申城历史六千年。　浦江一往无前，看魔都胜地，海纳千川。填补马渚，文明空白，精神一脉相传。务百事争先。广富林文化，海派之源，沪渎之根，玄武出水动江天。

浣溪沙　洛阳中秋晚会

秋晚洛阳谁不夸，人人喜爱牡丹花。千娇百态破烟霞。　两地青鸾云合作，双琴演奏乐天涯。蟾宫小兔耀中华。

小兔，月球车。

● 张顺兴

题鸭绿江断桥

曾经兵燹断桥残，果敢毛彭既倒澜。
历史长河凭证在，夕阳洇水此心丹。

纪念中国人民志愿军入朝作战七十周年

援朝抗美志弥坚，正义之师跨界边。
子弹腾腾燃怒火，车轮滚滚破硝烟。
英雄气概谁拦挡，侵略邪魔命丧歼。
七秩春秋海天阔，鸽飞安享太平年。

● 王建民

绿波廊的九曲炸鳝丝

窗外同名九曲桥，盘中油炸几成焦。
绿衣借得纤妍翠，口福还添眼福娇。

在欧莱幼儿园食堂午餐

冷却顽童沸闹风，椒青菜碧饭添葱。
薯红宜适遐思色，六月炉炎九月枫。

秋风里的美人梅

秋风翻舞频催色，梅叶干枯最可怜。
时盼严冬花夺冠，日输分刻秒争妍。

● 洪金魁

纪念抗美援朝七十周年

一

抗美援朝胜列强，扬眉吐气喜空前。
中华挺立乾坤地，争得和平七十年。

二

今日英雄刀出鞘，只缘妖孽又重来。
魔头胆敢犯疆域，金棒千钧扫雾霾。

忆秦娥 庚子重阳抒怀

重阳节、登高望远心中悦。心中悦、脱贫致富，欢欣雀跃。　　小康呈现千秋业，百年奋斗先贤血。先贤血，黄花绽放，缅怀先烈。

● 贾立夫

咏聂耳

一曲狂飙鬼魅愁，九州怒火灭倭仇。
此歌宜唱三千载，心系安危壮志酬。

一曲，指《义勇军进行曲》。

咏贺绿汀

莫看体瘦身如柳，赤胆昂然对逆流。
豪气岂能关得住，牧童依旧走寰球。

牧童，指钢琴名曲《牧童短笛》。

咏朱践耳

山歌一唱花含泪，黔岭飞来欲断魂。
昨日笑颜犹在目，而今何处觅师门。

山歌，指声乐作品《唱支山歌给党听》；黔岭，指交响乐《黔岭素描》。

咏吕其明

淮南亮剑斗顽凶，沪上歌吟战地风。
一面红旗光万丈，英雄热血化长虹。

红旗，指管弦乐序曲《红旗颂》。

● 吴家龙

秋　兴

连日天蓝秋气爽，打拳散步忒舒张。
阶前盛放凌霄卉，屋后渐红枫叶芳。
逶迤青山松柏茂，颉颃深树丽鹂忙。
神州古国新时代，抗疫增收寰宇昂。

水调歌头

庚子月盘挂，国庆值中秋。物华天宝人杰、净土故园优。病毒新冠施虐，传染众多百姓，严厉隔离留。起写弄斋室，挥笔墨浓流。　　空晴朗，心情爽，果瓜收。措施给力，瘟疫控制显良谋。十四亿民欢笑，时代共歌中夏，实现脱贫酬。但愿健康寿，生活乐悠悠。

● 庞　湍

高原卫士

高原风雪寒，挺立守边关。
呵气凝成雪，明眸射远山。

寄寒衣

冷雨拨秋桐，声声入耳中。
寒衣早送去，边塞慰英雄。

保卫母亲平安

高原六月即飞雪，千里边疆紧握戈。
身后母亲重梦见，健儿铁马饮冰河。

● 薛鲁光

父　亲

蒙山厚土育椿骄，嘀哒键声呈志豪。
端堡锄奸教鬼泣，率兵联友止狼嚎。
双枪威震沂河岸，正气荡肠东海涛。
父爱暖怀萦日夜，传承遗志任翔翱。

纪念抗美援朝七十周年

新甫政权于襁褓，狰狞万圣犯吾疆。
唇亡焉可有完齿，猎狩几时无恶狼。
血肉躯身迎火舌，铁钢纪律绽凌芳。
板门店上乖签字，立国之巍壮志翔。

念奴娇 端午聊寄

汨罗江畔，凭栏眺、千载悲冤嘘唏。竞渡龙舟，人道是、诗祖横空入世。楚国江滨，灵均独醒，助抗秦联齐。奸臣谗佞，愤投江以聊寄。　　遥想民众巡哀，粽丢江泛影，雄姿骚体。浪漫诗篇，吟颂间，挥剑焚香追祭。故地重游，葳蕤遍汉北，白头虚志。春华秋碧，趣幽端午填字。

● 沈志东

昙　花

梦到醒时是睡时，百花羞与斗参差。
此身只合月中老，不向曈曈开一枝。

己亥中秋深夜赏月

灯暗星垂逐逝波，青街隐隐没南柯。
但教天上冰轮满，不怕人间夜色多。

● 李小锦

秋　雨

夜色阑珊衾枕寒，潇潇水滴挂云端。
烟横浪影遮归路，潮涌涛声涨碧澜。
无奈嫦娥空落寞，焉知帝女已华冠？
枫红更喜冰霜雪，寥阔江天著地宽。

一剪梅　落樱

一夜樱花坠满池。谁惜香残，却有春知。柳丝拂袖送葳蕤，燕鹊回眸，暖语相随。　毋恤枝空忧瓣离，绿叶相扶，芳草兼依。东君着意奏春声，红透枝头，浓醉花溪。

● 张勇桢

八月过休宁

野渡赤霞妆，幽溪碧树芳。
莲峰青欲落，萤火淡星光。

聆季师论道德经有感

烟光摇黛瓦，高树傍兰丛。
日暮清晖远，山深莫可穷。
溪声初入耳，明月照谁同。
论道邀今古，灵心本善通。

● 杨卫锋

清平乐

斜阳似火，难把曾经锁。荻老青溪皆因果，雁字亭前又过。　静对渐远秋声，声声牵忆初盟。共酒书花千朵，临风对月三更。

定风波

迭起迷蒙漫积尘。半空烟缕织黄昏。更夜露盈山涧水，听久，薄言犹似曲中人。　留醉何存翻故影，应了，采霞怀璧对新晨。移岸复来千柳绿，知晓，雾开照旧一塘云。

● **葛思恩**

点绛唇 三山怀古

梅雨焦山，踏东风半帆穿雾。大江归去，醉浪西津渡。　　千古风流，北固遗甘露。苍天许，蜀吴何妒，日暮金山鼓。

少年游 赠别

风荷含笑任西东，心路寄苍穹。珠江遥送，鹏城方别，杯酒为谁浓。　　早茶生趣闲天府，秋意满芙蓉。十里春熙，百年风雨，回首木棉红。

诗坛耆宿

纪念周退密先生特辑
【诗词】

● 陈鹏举

挽退翁四首

一

弱水三千取一瓢，吟成皎皎与峣峣。
风尘不失真夫子，走马灯花赏寂寥。

二

倾城春色隔帘栊，尺楮丝栏兴未穷。
淡忘屠龙惊世技，蛰存芝室浅雕虫。

三

旧时明月梦无边，红豆相思第几年。
只有周郎能顾曲，抱琴每向石窗前。

四

漫卷诗书洗却愁，泖田梅雨一时收。
得归去日终归去，无有青丝不到头。

● 杨逸明

悼念周老退密先生

昨夜雷鸣暴雨浇，惊闻栖老碧梧凋。
安亭终搁书生笔，陋巷谁怜处士瓢。
眼见百年桑与海，诗收几册汐和潮。
黄梅天里吟公句，湿重哀思忆峻标。

刘永翔

挽周退密先生

浮生谁不逐飙尘，难得歌吟百七春。
太息霜毫今永掷，荷堂诗客再无人。

刘鲁宁

浣溪沙　悼念周退老

天命方知一例同，无边烟景转头空。百年来去亦匆匆。　　飞叶满城窗外雨，落花铺地椅前风。当时安坐一诗翁。

姚国仪

挽周公退密

公乃人间老寿星，更将松鹤比遐龄。
一朝归去天堂上，伺宴高堂满室馨。

2012年间，曾收到周退老来稿，中有一诗，印象深刻。而今，周退老也驾鹤西归，到天上与父母团圆去了。

附：周退密《先君诞辰》

今日煦和如小春，孤儿海角祝生辰。
全家都在天堂上，遍唤诸郎少一人。

喻　军

悼周退密老仙逝

仙翁百岁称名宿，道范从容远世争。
憾未光风聆棨诲，人天信有唱诗声。

● 陈繁华

挽周公退密先生

一

留宿文星寄此身，期颐阅尽历前尘。
编修法汉终成典，翰墨丹心示与人。

二

天河极处系归舟，夏雨将思带泪收。
欲写挽歌词不得，余悲顾念上心头。

● 欧阳田军

挽周退密老先生

山衔落日化吴钩，雁阵低飞恨未休。
道德如霞常不舍，良言似水已难留。
雁门孤柳萦身怅，渭水烟波带影愁。
又忆先生诗句教，道声千古泪盈眸。

● 黄　旭

悼周退密老

凝目案头书识铭，不由后学泪晶盈。
当年常谒安亭路，今日追思驿站情。
风雨若能知正面，桑田切记不沽名。
一心豁达人生事，自在红尘百岁行。

退老曾教导：人生是驿站，遇风雨知正确面对，在红尘莫贪恋名利。

● 潘全祥

悼念周退密老先生

百年行海上，一代冠宗师。
语法终成典，诗心未负辞。
墨池流合韵，红豆触相思。
雨疾黄梅落，风人不胜悲。

● 张耀明

悼周公退密

未曾谋面却闻名，沪上吟坛不可轻。
诗就千篇留可读，鹤翔百秩去犹惊。
退身且把慈颜忆，密雨何疑哭泪倾。
正道虽言薪似积，唯吾望项学前英。

● 廖金碧

悼周退密先生

霹雳惊魂动地哀，闻公驾鹤赴瑶台。
难留雅士升仙阙，幸有诗书畅玉杯。
隐入安亭三佛界，传存翰苑一生魁。
世间秉笔催花蕾，天上裁云再显才。

● 彭培炎

挽周退密词丈

入伏雨狂多少愁，衔悲人瑞倏仙游。
凄凄月隐春申境，寂寂星沉嘉定楼。
译界杏坛勤半世，法书清咏丽千秋。
声光已谱百年史，仰慕五衷长驻留。

● 张心忻

蝶恋花　挽周退密老先生

隐入蓬山今折柳，飞尽扬花，恰作流芳久。海上寓公陶径走，云窗草阁思红豆。　　鹤老西归芝草瘦，烟雨连天，万壑松涛吼。碧筒月湖双毓秀，清芬馆里诗痕厚。

● 倪卓雅

吊周退老

二十平方寄此身，百年风采性情真。
成仙成佛谁能挽，梅雨绵绵悼学人。

● 苏开元

悼周公退密先生

惊闻乘鹤去，星殒少微宫。
碑帖甄善本，诗词涵古风。
为师文史博，舞墨凤鸾中。
留得等身著，煌煌仰寓公。

少微宫，古星占学中，少微星主高人隐士。

● 贺乃文

挽周退密公二首

一

悲传玉树锁佳城，海上诗坛一柱倾。
尝读先生冰雪句，文工境绝两知名。

二

繄我何缘幸识韩，惊闻天不惜幽兰。
耆英会上凋名哲，凭吊斯文起浩叹。

● 王怡宁

步韵杨逸明老师悼念周老退密先生

疾雨奔雷竟夕浇，苍天痛惜老桐凋。
奖金贻赠乡童墨，狭室安居颜子瓢。
沉郁诗风承古韵，圆浑笔意写秋潮。
大儒贤范人钦仰，学贯中西立世标。

● 黄思维

敬悼周退密先生

一

梅雨今年久不消，惊闻鹤驾九天遥。
也同昨夜倾盆雨，来哭周公泪涨潮。

二

安亭草阁静无哗，翰墨谣吟兴自赊。
能作人间淡生活，故教毫底发天葩。

三

境多顺逆悟人生，今古三窗负盛名。
自是艺坛推作手，雁过天外尚留声。

四

却逢青眼亦前缘，忘岁交情近卌年。
迭和歌诗盈箧底，再难赓唱转凄然。

先生号“石窗”，有闲章曰：“与草窗（周密）同姓，与梦窗（吴文英）同里。”先生《我的感悟》：“我在九十八年的历史长河中，在处顺境时，是保泰持盈，不敢妄作非为；在处逆境时，是含垢忍辱，耐心待变，听其自然，不灰心丧气，终于峯回路转，活到现在。”又《退密诗历五续》前言：“雁过留声，聊存一己之性情与夫面目而已。”

【专稿】

● 陈鹏举

送别周退密先生

庚子五月廿六，大夜风雨不已，更有远雷隆隆。清晨即闻，周退密先生已于子夜离世，享年一百零六岁。周退密先生的离世，可以说是，百年海上文人所存的余馨飘零远去。

周退密不是一个名声卓著的海上文人，也不是一个具有锋芒和斗志的文人。他是一个独善其身，又保存着光明心底的文人。这样的文人，留存于现世的委实不多。所谓隐于市的文人，其实要具有难得的心气和定力。郑逸梅称他是“海上寓公”，是真看懂他的。可怜这个雅号，现世更像是个雅谑了。

其实，不是所有的文人，都该是战士。在书斋里穷尽一生的人，并不只属于风花雪月。他们是文化的因缘，是文化的留馨。好的人间，文化是用来完善自己和澄清周遭的。周退密更是这样的一个文人。尤其是这位长寿的人，到了他的晚年，对大多人来说非常悠长的晚年，百年海上的文脉，留着他散发余馨。

他的文化因缘，主要是两种。一是他对古籍文墨的精深探究。他具有灼见的题跋难以计数。二是他是当代诗词大家。他的诗词如常人语，又尽有来历，饱满古意，又自出机杼。大雅之作，可见大雅之心。有人估算，所作已过万首，这也是极为惊人的。

我和他忘年交游，该有三十多年了吧。我记不住年轮。只记得一些会面。

初次是我作为上海诗词学会的一员，新年拜访他，向他贺年。他就坐在他的那张椅子上，也就是一直进入照片和所有拜访的人的记忆的，他和他那张椅子上。他满面笑容。经介绍，夫人知道是我，就说解放日报上我写的“文博断想”文章，他每篇都看的，哪篇漏看了，还一定要找出了补看。我急忙请他指教。也因此，我和他可以说是一见订了忘年交。

有年，上海文史馆举办全国廿六个省市文史馆馆员诗会，我有幸作为评委。那天评奖授奖。他的诗作当然是占得鳌头。他上得台前，正好由我授奖。令我惶恐。不说诗力，单说年纪，我也无以面对。我赶紧避席，对他说“我愧不敢当”。这位和善的老人，回说“你当得的”。长者温婉，更让我难以释怀。

还有一年，我主编《峰泖行吟》一书，请当今诗家创作松江诗词，用以承接两百年前所编的《松江诗词》。他是作者中年纪最长者。那天，安排松江揽胜，他也希望参加。他基本不出门，而且二十多年前，年过九十已是人瑞。大家不免紧张。后来拗不过他的好心情，就请他和夫人同行，还坐车一起上了佘山。那天他兴致很高。中午饭后，他还想参加下午的活动。结果还是请饭后回市区的丁锡满送他和夫人回家了。

我写了本新书《陈注唐诗三百首》，请他指教。他很快回了信。信中说，他刚翻了一下，李商隐《韩碑》一首，原诗有一句字错了。这让我极其惊讶，他已是百岁之人，竟有如此记忆力。随信还附上一叶诗笺，写了首读新书的贺诗。诗力和笔力都是上乘。上苍垂爱，竟至于此。这叶诗笺，此时不在手边，不敢凭记忆录下。

有次去看他，他得了带状疱疹，说他半边头颅痛极。我也不知从哪里听到过，得过带状疱疹，百毒清除，会更健康。我就这样和他说了，也很相信他会这样。他听了也不在意。看得出他对生命从来很有信心。

又有次去见他，正好是报载发掘出了曹操墓。曹操家喻户晓，自然对是不是曹墓众说纷纭。我和他的想法一样，那就是这由考古界说了算，即使是假的，也该由考古界更正。记得那天，日暮黄云，他的安亭居室，满是霞光。我们谈到了曹操的七十二疑冢，感觉他对死过于讲究。我和他写了有关阿瞒的诗。

如今，他去了，带上了一百零六年的苍茫岁月。我又写了首有关阿瞒的诗，希望他在大梦中读到：“初见忘年即如故，风尘各借一枝安。闲聊七十二疑冢，曾与退翁吟阿瞒。”

【周退密诗词选】

周退密，原上海诗词学会顾问、上海文史研究馆馆员。1914年生，祖籍浙江宁波。原名周昌枢，号石窗，又号安亭亭长、红豆馆主。2020年7月16日凌晨逝世，享年107岁。上海震旦大学毕业，曾任上海法商学院、大同大学教授，后在哈尔滨外国语学院、上海外国语学院任教，并从事《法语词典》编纂工作。著有《墨池新咏》《上海近代藏书纪事诗》《退密楼诗词》《安亭草阁词》等数十种。

慢　心

南窗废读习疏慵，万绿当前受好风。
忽有珍禽来作伴，白头翁对白头翁。

题友人桃花图

老去春光唤不醒，残英枝上感飘零。
若教不在玄都见，定在龙华道上行。

偕内人重过永嘉新村旧居看花

三月山茶一树霞，绿阴浓覆玉人家。
重过恍似玄都客，更见桃花与草花。

行路难

冰雪塞途乱作团，唏嘘不乐坐兴叹。
才欣丰岁行先兆，却使归鸿铩去翰。
接轨何妨过圣诞，聚头奚必在年关。
若非引作前车鉴，依旧明冬行路难。

岁暮遣兴

此身非佛亦非仙，小草长生只偶然。
人逼崦嵫寿难百，书多馈赠卷盈千。
痴心常作还乡梦，旧俗犹行压岁钱。
袖手围炉无一事，伫听竹报下诸天。

鹧鸪天　近状

五月江城遍绿莎，浓阴匝地树交柯。榴花红处春光断，梅子黄时雨水多。　依仗立，据梧歌。倦思松下卧盘陀。百年留作旁观客，莲劫千番眼里过。

一剪梅　戊子元日书怀

马齿徒增感岁华，老作瓠瓜。不卖黄瓜。滥竽文史畏人夸。诗未成家，字未成家。　石火光阴日影斜，闲饮岩茶，静赏山花。平生只爱淡生涯。不戴乌纱，不着袈裟。

久久抒怀四首

一

历劫吾犹在，行年九九春。
闲非如懒汉，穷合作诗人。
屈指同胞尽，盘胸中表亲。
临风丛百感，老泪一沾巾。

予同胞兄、姊、妹七人，今惟予独存。姨表兄黄金贵曾为予讲说英法语言上之异同；舅表兄王石君每赠予藏品无吝色。

二

周季非苏季，论材实下中。
所思在远道，为学只粗通。
运厄鱼罹网，身安雀处丛。
名言经百载，忼慨忆元戎。

1912年民国肇造，首任大总统黎元洪曾有“有饭大家吃”之语。

三

海外洵多事，眼花缭乱稠。
朝为座上客，暮作笼中囚。
卫国叹英烈，称臣拜冕旒。
是非与褒贬，秉笔待春秋。

四

博弈非吾事，弦歌赏偶然。
犹多开卷乐，不费买书钱。
得砚凹如掌，涂鸦老失妍。
墨缘从此断，万事付云烟。

广州之《诗词》、南京之《开卷》、濮阳之《书简》、济南之《日记杂志》等等多年来免费赠阅，至于朋好著作尤更僕难数，得益匪浅。心怀感激，愧无报答。南京章风堂兄研大歙砚一方见赠。予因体力日衰，已再三声明停止笔墨之役，请勿再有诿嘱。

答客问

临池觅句事欢娱，疲不能兴昔所无。
老境颓唐君莫笑，恍如曳尾在泥涂。

漫　兴

愁云惨淡去何依，风撼高林叶乱飞。
莫笑老夫无所事，坐沙发椅呷咖啡。

桐叶一张飘然入室取插古瓷中口占以志胜缘

桐叶纷纷乱入窗，怜它多日饱经霜。
拾来插向瓷壶口，相比衰颜更老苍。

先君诞辰

今日煦和如小春，孤儿海角祝生辰。
全家都在天堂上，遍唤诸郎少一人。

先君絜非公生于清光绪四年戊寅（1879）农历十二月十九日（与苏东坡同生日），今日为其一百三十三岁诞辰在家吃面。

凝　视

濛濛细雨湿黄昏，往事如流共泪痕。
大树飘零遭蚁蚀，小儒佔毕感师恩。
书经横扫留非易，梦及初醒觅尚温。
只恨相逢都不语，一番凝视一消魂。

何　之

行年九八欲何之，车水马龙晨夕驰。
大有梅花供目赏，欲观油画了心期。
谁知脚乏前时力，只望餐尝四月鲥。
自是一生耽淡定，紫云英足慰朝饥。

漫　兴

老去犹多趺坐功，凭窗起立望遥空。
重阳节近常忧雨，从桂香来每借风。
百岁长随流共去，一书倘与劫俱穷。
南鸿北雁问消息，喜有粉丝盈域中。

拙集迟迟未见发行，友好询问不绝，感与惭并。

辛卯九日

惊心九十八重阳，佳节真当一举觞。
病体惟宜饮红酒，遗风早不佩萸囊。
原非官料陶彭泽，徒以诗豪郑海藏。
世事迥殊观赏异，傲霜遇见一枝黄。

渊明不肯为五斗米折腰督邮，是生而非为官之料也。其高清逸想乃千古之名士，如世外桃源不可得而再见也。郑海藏出仕伪满而致身败名裂，徒以能诗而世恕其人。不以人废诗，亦云幸矣。

一月十六日晨起落下腭最后一颗门牙感而赋此

唇齿相依九十年，一朝辞去总堪怜。
不知曾决几斤肉，定嚼新吟数百篇。
尚有残牙凛孤立，不求编贝为周全。
旁人笑我多情甚，诗到多情韵致翩。

忆童年换牙在七八岁时，故只言九十年。

九八告存二首

一

老去羞为世所知，谁知左右尽吾师。
鸦涂满纸须藏拙，雁过留声未戒诗。
一卷黄庭矜独赏，再生白傅与时宜。
此身已历恒沙劫，成佛升天两不疑。

二

雁飞久亦不成行，先后归依父母旁。
痛感荆花无剩朵，独留芒角对沧江。
闺中伉俪相濡沫，海外儿孙互颉颃。
待到明年看兔跃，计程莫负好风光。

予同胞三兄二姊一妹共七人，次姊昌芳不幸于去年十二月二十五日上午九时在甬弃养，享年一百岁零三个月，为吾家三党中从未有过之第一寿婆。

浣溪沙

又到莺飞草长天，落英委地晚风前。莓苔乱贴旧花钿。　　小阁梦回春苦短，长条舞罢柳如烟。去年心事似今年。

浣溪沙　晨兴口占

梦里如闻雨又风，起看天色尚朦胧。开窗惊散白头翁。　　鸟语绵蛮俱可乐，人言琐屑强装聋。驭繁以简默持躬。

鹧鸪天　自嘲

爱煞荒园绿四垂，东风吹柳柳丝丝，有家堪比陶彭泽，伤别长如杜牧之。　　耽独坐，欲成痴，清真白石不同时。但教自写胸中意，不辨唐诗与宋词。

冬日漫兴

一

兹事从吾好，居贫道各殊。
诗书犹宿昔，开卷一欢娱。
腿硬难盘膝，口馋愧食鱼。
天行唯在健，垂老畏修途。

二

睡起凭窗早，疏林旭日妍。
寥天飞鸽子，绕屋几盘旋。
野远鸡声绝，人稀雀噪喧。
南荣良可爱，负曝不花钱。

五　日

绿艾青蒲不挂门，堆盘角黍古风存。
老夫别有骚情在，手折榴花荐屈原。

看　山

山石嶙峋草木肥，攀藤扪葛绿霏微。
今朝初得看山诀，静里峰峦势欲飞。

杜　门

春雨连朝断往还，莺声无处不绵蛮。
知他陌上花开后，戏蝶狂蜂不自闲。

扬　州

绿杨城郭足淹留，二十四桥月正秋。
瘦到西湖浓到酒，泥人况味是扬州。

题双鸭图

春风春水满池塘，沙岸青青蒲叶香。
野鸭一双身自在，直教人唤作鸳鸯。

小园漫兴

一

幽居自比野人家，午梦醒来且试茶。
享尽玉兰脂粉气，清香吹入女贞花。

二

蝴蝶群飞栀子肥，春光别后尚依依。
恼人天气黄梅雨，一日之间数换衣。

漫　兴

一

年来日益惜春光，懒出门时愿未偿。
亟欲寻诗书所见，棠梨花放柳丝黄。

二

细雨如丝莺乱啼，郊原芳草绿萋萋。
逢春正欲开怀抱，愁见落花添作泥。

三

新将斋额署微尘，下界浑茫孰见真。
诗到会心赢一笑，攒眉人作展眉人。

读　史

劫罅全生得退藏，回思余悸尚惶惶。
身当风浪难为定，谋有阴阳岂易防。
读史未忘三字狱，治家犹好一言堂。
落花尽逐东流去，几度消沉到霸王。

己卯重阳公园即事

怀友思亲久郁陶，逢辰倍喜效登高。
荒丘径仄藤萝掩，老树枝危鹳鹊巢。
黄菊千年长寂寞，芙蓉此日正风骚。
频来觅句偕游地，甚矣吾衰得几遭。

重游宝山净寺

梵皇宫殿喜重来，万树寒梅正盛开。
五百年间留胜迹，一弹指顷现楼台。
莲花宝相瞻弥勒，法界华严度善财。
隔水红尘飞不到，虚廊惆怅日西回。

忆去春海棠诗会辄赓原韵分寄诸公

百岁光阴第几轮，海棠诗忆去年春。
曾因事绊成逋客，转以情殷获妙文。
人似古槐常病蠹，辞无曲笔可谀神。
平生只合耽枯寂，姜辣桂辛作膳珍。

丁亥上巳

蓦觉春光三月三，数声鹈鴂我何堪。
未如人意花垂尽，徒乱情怀绿自酣。
觞咏难忘临禊帖，闭门不出效瞿昙。
此中饶有愁滋味，樱笋齐来试一参。

少年游　八六生日自寿

双星渡后几良宵，生日又明朝。雨洗尘清，风吹暑退，秋意忽萧寥。　　酒杯抛后理诗瓢，岁月此中消。白发青瞳，残年饱饭，老子亦天骄。

虞美人　海宁蔡渊迪以此调见示奉同博笑

残年心事谁能了，耄岁无情到。平生饱受逆来风，一似孤帆没入海云重。　　新词付与千秋忆，长照邮亭壁。芳菲满眼感韶华，那得白头人对故园花。

浣溪沙

移居安亭路一十五载，梧桐栖老，不可以无诗。

一十五年弹指过，窗前绿荫树交柯。一亭栖老两公婆。　　除却平安无所祷，飞来鸟雀不嫌多。人情物态两谐和。

浣溪沙

清明将近，遥念故乡，怅惘寡欢。适圆圆女士以佳什见示，盖苏州扫墓之作也，步韵奉同，益增予凄婉之情矣。

老我楼居不出行，镇朝孤坐听禽声。扑人蝴蝶故多情。　　劫后全无先垄在，梦中时有旧知迎。教人感怆是清明。

浣溪沙

一

翠羽明珰共入图，才人名士杂亲疏。恍闻谈笑出蓬庐。　　老辈情怀甘淡泊，新生力量在江湖。輶轩使者得知无。

二

天赐长年一老翁，处为小草世能容。蛙鸣自乐不关公。　　凡物含生皆可友，于人无害莫歼虫。喜他夏雨与春风。

诗苑纳新

● 萧剑华

水调歌头 印象苏州河

西自姑苏入，东向浦江流。早年兹水清澈，可饮不须愁。两岸田园河汊，杂树丛中苇荡，河上聚行舟。浅底见鱼影，月照渡桥秋。　　渭已浊，更腥臭，乱浮沤。说来惭愧，每常提起沪人羞。昨日关窗避害，今日花明柳暗，绿意适春游。雪后观垂钓，展翅望江鸥。

念奴娇 不尽浦江滚滚来

夜舟览景，望黄浦两岸，云楼林立。灯火通明繁闹处，左右辉煌金碧。陆嘴新天，滨江绿意，图画须神笔。秋涛烟雨，满江寻觅踪迹。　　曾记往事陈年，窄街陋巷，破房多残壁。意兴阑珊归去后，已历五朝三夕。卢浦飞虹，海关钟响，复岛观星月。转回思绪，一声船上鸣笛。

● 姜　凯

赴法百年记

英贤荟萃中华梦，黄浦开航马赛征。
赴法勤工波浩荡，越洋俭学岁峥嵘。
百年诗卷丰碑立，一世精魂碧海情。
留取丹心辉厚土，初衷不改向前行。

水调歌头 勇战新冠状病毒

闻江城疫起，听楚地悲歌。百城空巷，通塞要道尽封窝。猪尾连追初鼠，病毒汹汹肆虐，感染日增多。寒风生霜雨，残雪育秧禾。　　齐国力，瘟神送，政通和。白衣卫士，陷阵披靡勇承苛。守望初心相助，魑魅妖魔除灭，阻断蔓延波。春暖花开月，繁锦满山坡。

● 高晓红

牧童觅牛

落日余晖一抹霞，爬墙碧叶罩红纱。
牧童难觅黄牛影，哪有心思逗鹊鸦。

韵

破晓霞辉日泛红，茫茫湖面隐渔翁。
晨曦映照山峦影，朝雾飘摇云气中。
轻撒网图随桨动，微划舟画与波融。
若非墨竹柔枝颤，只道身前是梵宫。

● 高子平

春游寻诗

三月江南天暖早，应时惊蛰响春雷。
和风自送杏花讯，细雨初清莺语台。
轩外明池才看罢，阁前紫燕已飞回。
欲归却恨诗难就，香雪海中寻老梅。

满庭芳 江南

水秀吴淞，山青天目，苏杭锦绣家园。风摇垂柳，桥下水微澜。品读江南意趣，随心去、多少悠闲。柔乡语、神灵姿美，吴越女清妍。　　寻魂留古镇，静恬溪巷，幽净门垣。丝丝雨、醉人不可形言。百感酿成醇酒，淹留久、愈把人缠。离愁莫，凭君离去，归看总依然。

● 严　华

思　乡

片片游云自舒卷，凭栏抬望细声嘘。
隔山隔水数千里，追雨追霞二十馀。
有愧双亲翘足首，无能一策得熊鱼。
羁怀最是他乡客，几度乘风问起居。

浪淘沙　打工

有志倚风翔。背井离乡。奔波海角苦探行。漂泊心灵难细述，独自忧伤。　　千里系儿郎。无限思量。夜深劝学立言长。泪染枕巾浑不觉，劳我心肠。

● **钟　敏**

竹

生于南国冰魂骨，无语青青落落寻。
细翠一梢开土破，轻葱满箨卧泥沉。
清山高处舞三弄，紫气峭寒诗独吟。
四季风吹簧管乐，竹君独自见虚心。

玉楼春　轻舟

晚泊轻舟诗海岸。渡口竹林寻翰苑。桃源深处赏幽芳，涧水泉泓歌璀璨。　　翠草匆匆霜白换。褶皱年轮苍色半。余生但愿醉书亭，一缕春风心曲蔓。

● **黄利庆**

黄河壶口瀑布

惊涛骇浪扑人来，怒势奔腾不复回。
豪放诗仙佳句唱，风流醉侠古文才。
数重齐唱山河曲，百战高吟寇盗哀。
滋润九州禾黍壮，母亲微笑子孙财。

堵坡塘瀑布

微风妩媚堵坡塘，恰似娇娘薄面妆。
山色碧潭清影舞，瀑声沧海冷光凉。
漫游玉乳吟诗赏，胜境琼浆逐浪狂。
一泻雷奔田地灌，丰登鱼米满盈仓。

● 程筱琴

乡 韵

村田芜蔓久，乘势造鱼塘。
雨落千山翠，春融百卉香。
黄羊随草没，雪鹭向天翔。
一望平川远，白云返故乡。

谷雨抒怀

家山谷雨天，雾薄杜鹃鲜。
浪漫歌村野，葱茏入陌阡。
溪沿听俚句，巷里展诗篇。
更有源头水，新茶任客煎。

鹧鸪天 梦徽州

岁暮寒光独自泠。远山杳杳恋乡行。徽州雨巷时光老，婺里云亭日月明。　思静谧，意闲清。梅心含梦也痴情。雨轩研墨天香落，欲寄诗笺听雪倾。

● 龚 青

题图小小鸟

羽翼初成赴远郊，高歌一曲立枝梢。
东风送尔青云去，谁念双亲守旧巢。

旗 袍

一袭云裳瘦软腰，迎宾赴宴领新潮。
行来乍现玲珑态，玉立凭添妩媚娆。
彩线丝丝双凤绣，金针密密百花描。
端庄别具东方美，国色天香属我娇。

王祖明

游古镇川沙

白鸽翩跹穿史第，青冥浩荡颂兰房。
长江涕泪碑亭岳，东海干戈火炮墙。
圆梦殷勤城炽盛，初心次第市彰扬。
吟安海派诗三四，捻碎灵犀愧疚长。

落　红

花光柳影闪莺儿，落絮轻扬送白眉。
芍药昼眠酣好雨，海棠春睡甚知时。
残红念旧留怜客，新绿如初入画诗。
分袂成泥香遇故，晚晴不觉醉琼枝。

黄文进

访成都双流应天寺

应天古寺驻双流，佛迹清幽正晚秋。
宝殿无人宜诵咒，禅林有道可登楼。
心香一缕通玄妙，境相千层障寸眸。
胜甲蜀中传觉悟，随缘因果自潜修。

观影画壁有感

淡然执念对春波，识幻寻真费琢磨。
缘浅何须伤往事，情深原是梦南柯。
境随心转菩提相，果拜因成烦恼魔。
且任繁华零落尽，襟怀山水赋长歌。

偶　感

云水三千过去身，倏然一梦又红尘。
难消累世无穷业，虚度人间第四旬。
欲主沉浮修戒定，忍看嚣攘重贪嗔。
只宜淡霭山深处，溪友风朋与月邻。

● 吴建好

减字木兰花

金轮高挂，天碧云舒皆入画。溪岸光阴。竹绿花红鱼耀金。　春山如是，落雁飞琼今复至。起伏波涛。欲向壶觞醉一宵。

清平乐　立春

屋前晒袄，树后狸奴叫。院内暗香衔枝俏，墙外鸟声环绕。　冠状瘟毒汹登，九州齐力抗争。共克时艰赢定，和风迎面春荣。

● 贺正芳

由最早逆行者钟鸣愿望得句

除夕钟声牵笛鸣，疾驰江汉领头兵。
方书拂拂消愁恐，药裹融融祛愕惊。
共济难忘白衣志，同归最是赤诚情。
从来壮士非天降，挺力安民勇逆行。

首批援鄂医师钟鸣的愿望是和患者一样尽快回归平常的生活。

满庭芳　船歌

纪念赴法勤工俭学一百零一周年

黄浦春江，因幡泊岸，百载青岁英豪。先锋精锐，求学效题桥。壮士勤工砥砺，抱志起、宣演呼号。怀真理，横流力挽，马列绝喧嚣。　　今朝。驱瘴疠，镰锤奕奕，旌智飘飘。国威震天声，民隐忧劳。华夏柳梅独早，初心在、复起箫韶。红旗映，德辉明懋，巨舰译诗潮。

1919年3月17日，第一批赴法勤工俭学的学生，乘“因幡丸”邮轮离开黄浦码头；宣演，代指《共产党宣言》。

● 胡洪瑞

观老战士胡铁生书法展有感

胡公书法出新意，铁笔银钩成一阶。
燕瘦环肥虽有态，浓枯湿淡亦呈佳。
艺林探险挥锋剑，墨海觅珠圆夙怀。
字画春秋显身手，雄文千载隽天街。

诉衷情　随罗世谦校长慰问老同志

甫开瑞鼠腊梅妍，辞旧接新年。相期会约回金惠，后辈访前贤。　　暄冷暖，颂春安，笑声欢。真心诚意，四载情缘，福满康园。

● 闵建章

春　风

又绿枝头布谷鸣，桃红摇曳踏歌行。
碧波荡漾迎新燕，翠柳婆娑念早莺。
舞动层层麦苗浪，吹开朵朵野花情。
潇潇好雨知时节，鸭闹河溪水暖声。

浣溪沙　雕花楼

风雨历程传至今，精雕鹤鹿看秋深。匠工花鸟听瑶琴。　　万顷碧波天下景，一楼红玉洞庭音。绿湾青嶂妙诗吟。

● 顾锦希

春　风

都城驿道古烟吹，频送南庄飐酒旗。
拂翠桃花心乐处，飘香人面步迷时。
柳依袅袅情常醉，燕舞翩翩力不疲。
飞絮相思崔护笔，此门摇曳赋新诗。

鹧鸪天　春分

眺望西湖花满城，飞来山谷鸟鸣声。春分野兴添香入，日暖红尘送绿盈。　　身晚岁，志平生。雨耕归客望乡情。柳林叶嫩芽新发，寻梦随缘酒尽倾。

● 汪泽霖

步和金嗣水先生重阳

九九西风叶渐黄，皖申同改夏秋装。
犹怀江畔稻花熟，已有塘边云鸟翔。
极目茱萸千里色，登高鸿雁满天光。
海滨夕照无穷好，耄耋多闻桂子香。

忆江南　题闲亭听瀑照

林间立，碧水泻千寻。风静叶青思往昔，雷鸣泉白现浮沉。能否得人心。

● 吴津生

婺源茶亭

徽州古道驿亭边，绿茗深山伴冽泉。
黛瓦粉墙青石路，层峦叠嶂白云川。
朱熹故里遗风盛，浙岭方婆礼客贤。
境易时迁嘉德在，急公义举越千年。

满庭芳　秋游篁岭

金蕊初荣，同俦邀约，漫游篁岭寻芳。宿投私户，呈绿蚁新尝。醉赏栖鸦古驿，花移影，香透吟窗。林峦静，清风淡月，嘉岁伴悠长。　　晨光，穿陌巷，三雕尽染，屋瓦连墙。絮烟绕天街，古道吴妆。晾晒红黄紫绿。夕阳下，饫宴家堂。民儒雅，山川毓秀，最美是吾乡。

● 徐上杰

求学有感

人近杖朝书为伴，学无止境把身修。
唐诗宋韵求深意，元曲清词也广收。
觅句笔耕需慎酌，闲来吟咏可忘忧。
采风观景灵墀涌，驰骋天涯任尔游。

金缕曲（龙谱）

坎坷人生路。怅红尘、经风受雨，忍霜熬露。曾历浮沉无踪影，留下相思难语。伤感处、何从倾诉？也得几回舒意事，惜似烟飘散随风去。忆亦乱，日趋暮。　　古稀又六初醒悟。叹才疏、光阴虚度，仄平犹雾。握笔勤耕心未老，恩师诚助。韵律欠通夫不弃，已鬓斑银发无所惧。谁伴我，迈新步。

● 王少华

春　雨

开年玉露知时节，每遇云多乃发生。
沥沥随风潜入夜，霏霏润物隐藏声。
感伤绿地花垂泪，恨别蓝天鸟湿睛。
霹雳雷公倾浊酒，渔船打伞岸边行。

菩萨蛮　腾冲北海湿地

腾冲北海游人少，高黎湖泊多禽鸟。白鹭觅鱼螺，鸳鸯拨水波。　　落霞飞鹜息，秋水长天色。陶令去何亭，今人难返程。

● 曾宪英

悼老山保卫战英烈

四十年前对越自卫反击战中，老山保卫战极其惨烈。如今老山，成了爱国主义教育基地，建立了干部学院。作为战区居民，有亲友在战斗中牺牲，有很多亲友作为民兵参加了救助伤员、运送烈士遗体的工作。家父因送民兵到前线，曾亲眼目睹战事的惨烈。老山，我心中的圣山！所以，第一首关于清明的诗，我决定写老山。

雾挽云纱绕黛峰，松涛盈耳杜鹃红。
丰碑静默花如海，丘冢无言草载功。
血沃青山铺锦绣，魂萦华柱化春风。
木棉似火年年绽，灼灼招人忆俊雄。

华柱，华表。

少年游　菊惑

西风一夜落群葩，帝女尽芳华。鹅黄雪白，冰清玉润，芬馥醉云霞。　　不同春色争妍媚，恬雅远尘沙。人道孤高，及笄待字，情愫与谁家。

帝女，菊花的别称。

● 钱　衡

崇明行

瀛洲东入海，南望隶申城。
沙积堆三岛，江流断九横。
青春挥汗水，故友踏歌声。
人事如云幻，归来志竟成。

渔家傲　咏菊花

雪月芳姿风景异，昂然不惧严寒至。粲粲初开无顾忌。孤赏矣，西风飒飒平常事。　　花影婆娑情细腻，今宵夜色思无际。不尽相思明月里。人未寐，幽幽淡月徘徊起。

● 陈进超

独钓乐

日照斜晖碧水融，轻扶弱柳映苍穹。
垂丝独坐清幽处，潇洒悠闲一钓翁。

老有所乐

乡愁结苑趣风投，偕伴同邀畅远游。
万贯钱财诚可弃，一生知己总堪求。
聊天把盏家情诉，阅报随时国事忧。
幸喜今朝身朗健，耆年伏案志欣酬。

● 刘立慧

立　夏

槐季枝桠白玉垂，芬芳郁郁竞相随。
南柯梦里秋风起，觉后清凉诉与谁。

葱

鳞茎圆柱喜阴凉，养胃滋脾药用强。
拌炒煨蒸调百味，锅开留得满厨香。

● 杨锡明

立冬寄怀

才观菊展趣浓浓，雁影蓝天已绝踪。
风起凉生秋尽日，雨来忽报岁初冬。
花前渐觉无残蝶，草里微闻几暗蛩。
莫道寒潮羁旅步，春还又可赏梅容。

元旦有怀

仄仄平平又一年，腊梅欲放报婵娟。
漫吟飞盏春光动，相笑论情神韵传。
艺苑嘉宾寻好句，词林雅士赋佳篇。
腾龙妙笔怡心醉，隽爽文风效谪仙。

● 黄采军

赞钟南山（排律）

八四南山老，为民再请缨。
悬壶多德泽，济世享治声。
不计生和死，惟忧国与情。
赤心扬正气，铁骨集贤名。
曾灭沙斯疫，今将新冠清。
临危怀大爱，控险解虚惊。
妙手回春处，高怀送暖晴。
荡除魑魅日，贺酒把君迎。

次韵毛泽东《送瘟神》

疠生庚子患虽多，不信瘟魔奈我何。
今见纵横黄鹤泪，已闻悲壮汉阳歌。
难为大义飞天使，亦有真情化冻河。
世界无须常戚戚，残冰岂可阻春波。

● 严　超

观家中水仙拾诵

幽香自信懒争妍，决意冰心守冷泉。
瘦影风流供笔兴，清芬典雅伴华年。
芳奇袅袅凝霜丽，色秀葱葱映日鲜。
不待春来舒逸艳，亭亭玉骨问婵娟。

顾村公园赏樱

小草晴铺绮陌春，花前尽是踏青人。
赏樱适意情难了，游苑忘机目一新。
千朵红英千朵锦，万枝芳萼万枝银。
满园佳色多清趣，再向缤纷林下巡。

● 丁德民

众墨飘香

江水奔流日月明，山川笑靥诉真情。
有缘宋韵惊奇笔，待悟唐风总识卿。
花展田园甘露重，柳摇湖岸舞姿轻。
无声胜过华章叠，私邸斟茶颂众英。

读　书

楼台寂静月瑶光，手捧诗书觅玉章。
宋赋豪情歌壮烈，唐风妙韵洒芬香。
心声窃语留千代，警世佳音震四方。
澹泊人生云涌动，悠然舞墨伴身常。

● 孔明友

落樱浅思

香迟还落淡颜红，影瘦依稀弄稚童。
春去三分随梦老，花开万片逐城东。
天涯已有江南雨，日月何须北国风。
夜色朦胧空悄悄，若为缱绻太匆匆。

拈韵辞字有作

岸柳摇开雨下枝，廊前打的叫车迟。
丰收借日书归见，幸福逢场证告知。
笔底挥毫名手画，题中拈韵古人诗。
分摊一字行佳句，众友深杯醉不辞。

● 顾仲平

太极剑影

磅礴旭日焰无边，浪卷狂涛汇巨川。
风动白衫形倒海，光流利剑势开山。
乌龙摆尾千军怕，宿鸟投林百将寒。
吐雾吞云冲玉阙，豪情直上九重天。

乌龙摆尾、宿鸟投林为剑术名称，即虚步下截和独立上刺。

立冬寄怀

才观菊展趣浓浓，雁影蓝天已绝踪。
风起凉生秋尽日，雨来忽报岁初冬。
花前渐觉无残蝶，草里微闻几暗蛩。
莫道寒潮羁旅步，春还又可赏梅容。

● 徐懋时

童心无苦夏

童心无苦夏，趣在戏浪花。
上树惊蝉遁，掀砖赏蚁爬。
金鱼缸底卧，青蝈竹笼哗。
我欲乘风去，飞天挽彩霞。

中　秋

喜怒哀愁字万行，难求拙笔撰华章。
无争妙语传诗网，有寄真情付热场。
月至中秋悬旧梦，星移广宇鉴沧桑。
玉壶金酒杯杯暖，雅俗同歌就菊香。

● 何志豪

蓑　翁

千山生海日，一苇入江天。
杳杳渔歌去，茫茫雾水连。
红枫初滴露，白鹭晚惊弦。
风起芦花上，蓑翁醉月边。

一苇：《诗·卫风·河广》“谁谓河广，一苇杭之”后以“一苇”代指小船。

黄梅即景

忽晴忽雨黄梅到，时舞时栖白鹭翩。
两岸晓烟迷翠柳，一川暮色醉青莲。
平林漠漠云低树，野水弥弥月近船。
夜半风轻蛙鼓远，渔灯隐隐照婵娟。

● 邵 勤

读倪云林画

幽山万壑松风冷，洗碧斫冰笑尔狂。
点就孤亭云自在，春觞且住老琴囊。

读傅抱石画

愁多坐忘倚新篁，抚缦听音夜未央。
怅惘狷狂皆过眼，潇湘月冷水茫茫。

点绛唇 汤显祖

新曲难为，恨梅根怨亭边柳。玉茗情寿，竟做狂奴走。　吟咏升平，丽句谁堪有。荼蘼酒，小窗鹃瘦，月秾江心皱。

● 苑 辉

秋荷二首

一

晴初云欲薄，行影入亭津。
未值菱花落，先吟桂子新。
移舟风有会，载酒月无尘。
转叶孤枝醉，霜蓬莫问春。

二

三秋随往迹，来径少幽栖。
坠叶闻秋语，霜荷觅竹溪。
风疏归目远，月瘦郢歌低。
莫道芦花浅，莲房伴稻畦。

● 王兆根

对　弈

银边金角手谈忙，弃子争先指亦香。
三尺乾坤蕴沧海，鏖兵岂止在沙场。

天平奖有感

江东子弟饭能否，磨石犹传紫电豪。
三十二年鞍未解，葡萄美酒逐天涛。

“天平奖”系最高法院颁发给法龄为三十年的法律工作者的勋章。

念奴娇　甘棠咏怀

戊戌之年，岁在暮春。吾院手植甘棠树一棵，今已亭亭如盖矣。越千年，周召公于甘棠树下，断狱谳案，留“南山遗爱”之佳话。

娉婷独立，正翠阴蔼蔼，盈香千态。遥想召公平谳处，留得清明天籁。息讼平争，干戈玉帛，恰似桃源在。悠悠千载，故园堪见爱戴。　春色已换人间，苍茫大地，展英雄豪迈。千古传承今日始，应是痴心未改。勒石铭碑，楼兰明月，金鼓三军凯。登高凝眺，祈神州尽遗爱。

● 张恭春

巨化高歌

祝贺工信部委托中国化工企业管理协会召开“巨化集团管理创新经验推广交流现场会”圆满成功。

烂柯山下日如梭，创业曾经百战多。
十里化工城伟岸，无边秋色柳婆娑。
动能转换频发力，数字提升已上坡。
老树新花风雨后，潮头跨越再高歌。

浪淘沙 贺生肖邮票发行40周年

翘首望春天，鼠兆丰年。曾经沧海变桑田。子气东来迎万象，福满人间。　　生肖有奇缘，属相相连。集邮盛景喜空前。莫道迎新方寸小，风月无边。

2020年1月5日上午《庚子年》邮票首发暨新春集邮文化沙龙在上海邮政大楼隆重举行。

长相思 石榴

春一轮，夏一轮。时令匆匆花断魂。相思唯韵存。
风也闻，雨也闻。满树开怀望子孙。石榴最动人。

● 胡觉明

随吟孔方兄

攘攘熙熙走天下，仙风道骨与谁论。
身倾百室寸心病，情系万金双目昏。
体弱怎堪频劝酒，夜深最怕急敲门。
可怜多少红尘客，为尔孔方兄断魂。

重阳节感怀

一年一度又重阳，身未登高怯望乡。
游子天涯初拭泪，慈娘咫尺也牵肠。
三间陋室真疑梦，半卷诗书喜欲狂。
昨夜黄花开似语，老枝末节可闻香。

● 石裕雄

父亲节

多阅劳生百事艰，渐知父爱重如山。
千谆化雨明开启，一默如雷作闭关。
岁月频催心事老，风霜早染鬓毛斑。
每思庭训青山近，便觉浩然天地间。

诉衷情 师者爱心

人师传道长精神，一语一乾坤。书山学海漫漫，谈笑四时春。　　欺霜雪，省晨昏。爱无因。平生琐事，勤把金针，度与人人。

水调歌头 庚子中秋国庆双节重逢

庚子几多事，难似上青天。无情病毒顽甚，撕裂数今年。试问天心明月，可改人间风色，圆缺共炎寒。明月了无语，漫步斗牛间。　　洒丹香，挥疏影，向人眠。清梦无限况味，一意盼团圆。毕竟人心思定，终是文明底色，天下仰安全。寄意千秋月，皎洁照婵娟。

风云酬唱

【灯韵唱和录】

● 徐培均

浣溪沙

欣闻第九届全国秦少游学术研讨会在沪召开，兴奋不已，彻夜难眠，枕上赋成此阕，自抒怀抱，兼致贺忱。

倏忽韶光近九旬，抱残守缺遣馀生。庞眉不遇莫尤人。　　淮海秦郎天下士，沪江薪火世间灯。深宵喜悦待天明。

● 黄思维

前　调

第九届全国秦少游学术研讨会在沪召开，徐培均先生作词贺之，依韵奉和。

学术耕耘到九旬，岁寒松柏见平生。新笺淮海古无人。　　遥忆醉眠亭外月，又逢高会雪中灯。一番研讨一番明。

岁寒居，为先生书斋名。据《绍熙云间志》载："(李)行中字无悔，筑亭于青龙江上(今属上海)，东坡名之曰醉眠，诸公皆有诗。"少游亦有《醉眠亭》诗云："醉来丰瘁同，眠去身世失。二乐擅一亭，夫子信超逸。"此诗言上海之事，故及之。第七届秦学会在郴州召开时，适逢大雪节，此次会议亦在大雪节后开也。

前　调

2017年12月16日，徐培均先生由其哲嗣徐桦陪同，冒严寒从市第六医院出席第九届全国秦少游学术研讨会。当其坐轮椅入会场，与会者皆感动也。而大会特敬献鲜花，以贺其九十诞辰焉。再用前韵。

一束鲜花祝九旬，前为战士后书生。创研兼擅仰斯人。　　淮海今朝同探赜，少游千载有传灯。不明前事转分明。

近年来，先生虽多病住院，仍关注秦少游研究，对《淮海集笺注》精心修订。会上，先生作题为《淮海秦郎天下士》致辞，其中根据新发现秦观大父秦咏及祖母朱氏之两块墓碑，定"淮南诏狱"为元丰六年(1083)，从而使这一重要学术问题，得以解决焉。先生于新中国成立前参军，并参加抗美援朝。

前　调

欣逢徐培均先生九十华诞之际，南开大学文学院副教授张静博士对徐先生作题为“词苑幽深欲探微”访谈录，读后有感，三叠前韵。

来访徐公值九旬，主题深切记先生。世间端有会心人。　词苑探微能到老，病床无寐尚挑灯。二贤著作赖昌明。

“词苑幽深欲探微”，为徐先生《岁寒居吟草》开卷《小重山》词首句，此词乃步其业师龙榆生教授原韵。徐先生著有《淮海集笺注》《李清照集笺注》等。张静博士访谈录载《文艺研究》2018 年第 11 期。

前　调

己亥中秋前二日，徐培均先生遽归道山，词以悼之，仍叠前韵。

清诲犹闻未满旬，孰知今日悼先生。每怀知遇感其人。　一样少游称国士，千年漱玉续吟灯。此骑鲸去月偏明。

昔年先生负笈复旦，时乃师王运熙先生主编《李白研究》、《李白诗选》，先生参与撰写，其与盛钟健执笔《李白诗歌的艺术性》，为时贤所称誉。故末句及之。

前　调

参加徐培均先生追悼会作，五叠前韵。

公去俄然近一旬，共瞻遗像尚如生。学人之外是军人。　犹想探研当月夜，似闻吟咏对秋灯。郑笺应与日同明。

追悼会上，上海社科院领导特将中共中央、国务院、中央军委颁发之“庆祝中华人民共和国成立七十周年”纪念章，敬献于先生遗像前。

【百岁唱和录】

● 章人英

百岁从头学做人

一

积善有余庆，皇天锡遐龄。
百岁匆匆过，争称老寿星。

二

海上水云客，文坛一草民。
余生弥足珍，从头学做人。

● 姚伟富

和章老百岁从头学做人

一

讲座评青史，沙龙论众龄。
方今迎百寿，知己贺明星。

二

生命源慈母，功名属庶民。
终身无憾事，感遇我高人。

章老曾在新世纪国学沙龙提及人有生理年龄、心理年龄和社会年龄之分。

● 章人英

癸巳立春

失足几成千古恨，庄周化蝶梦耶真。
晴空万里阴霾散，百岁又逢第一春。

俗谚有“一失足成千古恨，再回头已百年身”语。

姚伟富

和章老癸巳立春

枯木如今无谓恨，探根究底似情真。
但看赤县风云好，欣喜百年还遇春。

章人英

己亥冬至

天锡遐龄百岁翁，生逢盛世老还童。
晚霞染得霜林醉，万里江山夕照红。

姚伟富

读章老己亥冬至

百岁人英博学翁，初心依旧似金童。
吟诗舞墨云天醉，欣喜神州火正红。

九州吟草

● **徐章明**（河北）

绿绮八首

一

新成玉如意，绿绮赐名琴。且裂枯桐木，但传天地心。
芝英常漱口，綦组任缝针。讵负醇和气，真如赋上林。

二

忆昔临邛日，琴声曼妙余。赊山扫眉黛，扣水溅芙蕖。
泻月人霑雪，出林云染裾。穷愁满蓬屋，锦瑟自堪除。

三

置琴梅树下，斫雪有高情。一弄山笼月，再弹云漏声。
仙风忽吹律，寒谷遍飞英。三弄初终曲，琼枝泛太清。

四

空谷停云里，幽兰处意慵。芬匀巢许子，叶颤素王跫。
凤隐无音粹，麟伤有泪浓。山鸡若鸣日，南面或重逢。

五

岩岩松树下，肃肃引清风。姣月除纤翳，深山入抱冲。
欣弹广陵散，独对老仙翁。合是戈矛乐，谱声炉火熊。

六

潇湘从楚望，浓霭蔽遥岑。天影时磨镜，飘风忽抚琴。
雪涛飞白泽，木叶舞青禽。夜雨江神子，不堪云水斟。

七

青云下姑洗，南陌对仙人。吹彼条风律，蒸兹太古醇。
梨花忽开颊，洌雪自涡春。但引新桐蕊，长歌和大钧。

八

杳杳昆仑上，玗琪秀素蕤。红芝浸春醴，白泽俟天时。
风送彩文翼，人笼幽梦帷。卿云当拂瑟，此意会钟期。

● **赵清龙**（河北）

初　雪

约得寒梅共比邻，纷飞玉屑覆阶尘。
因嫌腊月芬芳少，化作梨花一目新。

初冬偶见细柳有感

细柳沾霜信笔挥，焜黄几片自翻飞。
或因贪恋人间景，摇曳寒冬不忍归。

● **叶明增**（浙江）

过苏步青故居

十里山溪绕秀村，蛟腾碧水耀乾坤。
江南自古多灵气，代有英才出筚门。

清平乐　乡居

翠山秀谷，曲水篱边竹。几树青樟遮白屋，路犬两三戏逐。　陌上烟雨如纱，风摇柳外燕斜。若问心安何处？江南闾巷人家。

● **朱　炜**（浙江）

跳上诗船到德清一书上海武康大楼首发

径逾山与海，飞抵武康楼。海派风情路，东方浪漫州。
百年斑驳迹，几度璀瑳眸。大隐宾朋会，诗船短暂留。

谢王征宇梅苏苏二女史撰书评并送花束赴上海

丽姝妙笔撰兰章，昨日临行又解囊。
赴沪应携谦雅物，诗同岁月酿芬芳。

● **王若峰**（广东）

深圳河

今古界河湾海融，沧桑历尽映长空。
两城相望兴衰事，百载何堪离合风。
熠熠星灯开雾雨，巍巍楼宇醉梧桐。
斜阳流照春光里，奋翮鲲鹏气贯虹。

行香子　腾冲和顺古镇

黛瓦明墙，老树新妆。嫣红舞、山色苍苍。年茶慢品，云雀悠翔。正尘波远，水波滟，眼波忙。　浓浓画韵，缕缕书香。闲谈处、静雅时光。清风和顺，古镇荣昌。醉此间情，世间景，陌间芳。

● **蒋成忠**（江苏）

蝶恋花　贺双节

柳碧梧黄鸿雁翥，爽气澄岚、陌上莺啼树。菊艳桂香凝玉露，花团锦簇芳菲路。　　国庆中秋同日度，佳节双逢、祝颂无重数。奏凯铙歌声起处，神州万里江山固。

沁园春　高邮咏

古邑高邮，瑞景丹霞，皓色绛烟。看神山明月，彤云卷卷；甓湖细浪，白鹭翩翩。天地精华，江淮灵气，汇集盂城育大贤。风流数，聚名人上百，名著成千。　　家邦无限情牵，有杰阁魁星犹爱怜。昔秦观婉约，王磐精丽，张綖酝籍，陈造丰妍。笔彩琳琅，文光璀璨，歌赋诗词代代延。勤呼吁，问而今才士，能越峰巅？

● **马明德**（山东）

临江仙　咏马山

古邑位东嗟咫尺，惊看史迹洪荒。石林节理柱为方。纹清硅化木，蛎证海成桑。　　山不在高仙气在，灵湖小住龙王。琉金庙宇溢炉香。仙居东望去，罨画谓无双。

八声甘州　过景阳冈酒业

叹几番遗憾记心头，今朝得追游。这车行未至，酒香已袭，喜煞同俦。地窖陶坛阵列，酒道吸双眸。月魄瑶光影，荡起浮舟。　　漫步时光隧道，遇谪仙吟唱，鲁酒清喉。问临川海若，斗酒尚能不。忽声喧、抱拳相会，取酒坛、敬慕武都头。旗亭坐、对倾三碗，指顾湖鸥。

● **廖志斌**（江西）

入　秋

醉看田畴稻菽黄，山坡渐次着红妆。
夜来最爱三更后，时有清风钻过墙。

芙蓉山庄得句

翠鸟盘旋欲剪枝，浓阴盖顶日迟迟。
飞泉撞得空山响，此地留连会忘时。

观鱼解牛

鲁迅旧体诗四首略解（上）

● 郜元宝

鲁迅具有浓郁的诗人气质，我们在他大量的小说、杂文和散文中可以感到这一点。

他最初理想的文学就是“诗”，或者说他一开始就是通过“诗”来理解广义的文学的。

但他虽然有严格的古典诗的训练，很早就有创作，却一直写得很少。

“五四”以后曾尝试写新诗，很快放弃，偶发诗兴，还是采用旧诗的形式。

从后人辑录的现存五十余首旧诗来看，四言、五言、七言都有，律诗、绝句、“打油”兼备，而鲁迅偏爱的，似乎还是七绝与七律。

除“五四”前《哀范君三章》、1931年《无题》(“惯于长夜过春时”)、1933年《学生和玉佛》《吊大学生》等少数作品，鲁迅旧诗更多是写好之后书赠亲友，并不准备发表，具有相当的私人色彩。当然这只是相对的。在鲁迅写的时候，读者诚然仅限于少数几个，而一旦被后人发掘，编入全集，广泛流布，就和公开发表的作品属于同一著作体系了。

他常常用旧诗来“打油”，可见对于旧诗，并不特别恭敬，然而造诣实在惊人。这不仅表现在对仗的工整，用典的恰当，声韵的优美，以及格调的高古——这些都是旧诗固有的标准——更可贵的是鲁迅写旧诗可以完全不为旧诗严格的形式所拘束，能够自由地融入现代情感，而又不破坏旧诗应有的深致，幽婉，与固有的形式美。

鲁迅自己少写旧诗，也不鼓励年轻作家写旧诗。这主要是因为，旧诗毕竟难学，难工，如果没有严格的训练，不仅难以驾御其严格的形式，还很容易受到拘束，无法直抒胸臆，结果势必变成无谓的玩古。

即使如此，和文言文一样，旧诗对于鲁迅，还是可以采取的旧形式。由于语言形式和文学传统（尤其是“典故”）的关系，旧诗可以写得更加隐晦、深沉、古朴、凝练，所以一些适合旧诗的情愫还是用旧诗写出才好，这也是包括鲁迅在内的许多现代中国作家在用白话写作的同时始终不废吟咏的原因。我们甚至可以说，如果不了解鲁迅表现于旧诗中的某些只适合用旧诗来表现的情愫，也就不能说了解了他的全人。

限于篇幅，这里只选四首，尝鼎一脔。进一步的了解，可参考张向天《鲁迅旧诗笺注》（广东人民出版社 1959 年 8 月第 1 版，1962 年、1964 年两次修订），周振甫《鲁迅诗歌注》（浙江人民出版社 1962 年 4 月第 1 版），张恩和《鲁迅旧诗集释》（天津人民出版社 1981 年 7 月第 1 版）。我的讲解，典故方面多参考张恩和书。

1. 别诸弟（三首）

（一）

谋生无奈日奔驰，有弟偏教各别离。
最是令人凄绝处，孤檠长夜雨来时。

（二）

还家未久又离家，日暮新愁分外加。
夹道万株杨柳树，望中都化断肠花。

（三）

从来一别又经年，万里长风送客船。

我有一言应记取，文章得失不由天。

【讲解】

这三首诗，作于清光绪二十六年（1900年）二月，署名“戛剑生”，是现存鲁迅最早的一首诗。鲁迅时年二十，在南京陆师学堂附设的矿务铁路学堂念书。他利用寒假，于这年的阴历十二月二十六日还家，次年正月二十日回南京，故有“还家未久又离家”之说。

鲁迅原本兄妹四人，唯一的妹妹名“端”，1887年生，未满周岁，死于天花。四弟椿寿1893年生，1898年病亡。1893年鲁迅祖父因科场舞弊案被捕入狱，家道即已中落。鲁迅父亲常年卧病，一直延请有名的中医诊治，所费不赀，但终于1896年病逝，这就越发使周家“从小康人家而坠入困顿”①。椿寿的夭折，对于全家人可谓雪上加霜。鲁迅1898年5月考入南京陆师学堂，小弟过世是这年的十一月初八，鲁迅正放假回家，三天后不得不再回南京②。此后直到1902年1月从矿路学堂毕业，转赴日本留学，鲁迅经常回绍兴探望家人。他是长子，祖父下狱，父亲生病和病逝，在这过程中族人、亲戚和乡里的冷眼与欺侮，他比两个弟弟周作人、周建人自然承受得更多。去南京前，他就已经挑起了家庭的重担，读书之外，经常“出入于质铺和药店”③，去南京之后，更是心系故家两个“弱弟”。鲁迅一生对两个弟弟都有超过一般兄长的愧疚、赎罪和无条件奉献的心情，性格的养成与此有关。《别诸弟》三首，是在这个背景下写成的。

（一）（二）是写自己离家在外的凄凉，和不能照顾弟弟的感伤与愧疚。（三）是鼓励弟弟们对于为文之道要有信心，不必迷信古人“文章憎命达”（杜甫《偶题》）、“文章本天成”（陆游《文章》）之类的说法。但鲁迅所谓“文章”，

---

① 鲁迅《〈呐喊〉自序》。

② 参见周作人《鲁迅小说里的人物》之《彷徨衍义・小兄弟》。

③ 鲁迅《〈呐喊〉自序》。

应该还是科举应试的“制艺”，他那时也只能以此鼓励弟弟们，虽然自己在别人的眼里因为放弃了“读书应试”，已经“将灵魂卖给鬼子”①——鲁迅在南京读书期间，还是偷空回绍兴参加过一次“县考”，但那只是应景而已②。

我们从这一点，也可以看出鲁迅对待自己和他人的区别。他虽然自有确信，应该如何处世，但如果别人因为性格和环境的关系，不能和他一样，他决不勉强，甚至替别人作想，理解别人或有的妥协。

这首诗虽然写得浅白，但不经意之间化用了许多古人的成句。如“孤檠长夜雨来时”之于陆游《秋光》的“孤灯初暗雨来时”，“日暮新愁分外加”之与孟浩然《宿建德江》的“日暮客愁新”，“望中都化断肠花”之与刘希夷《公子行》的“可怜杨柳伤心树，可怜桃李断肠花”，“长风万里送客船”之与李白《宣州谢朓楼饯别校书叔云》的“长风万里送秋燕，对此可以酣高楼”。青年鲁迅作诗，并不显耀才学，而是直书胸臆，但才学已在其中。

2. 哀范君三章

（一）

风雨飘摇日，余怀范爱农。
华颠萎寥落，白眼看鸡虫。
世味秋荼苦，人间直道穷。
奈何三月别，竟尔失畸躬。

（二）

海草国门碧，多年老异乡。
狐狸方去穴，桃偶已登场。
故里寒云恶，炎天凛夜长。
独沉清冷水，能否涤愁肠？

① 鲁迅《〈呐喊〉自序》。

② 周作人《知堂回想录（十八）· 县考》。

（三）

把酒论当世，先生小酒人。
大圜犹酩酊，微醉自沉沦。
此别成终古，从兹绝绪言。
故人云散尽，我亦等轻尘！

【讲解】

这首诗发表于1912年8月21日绍兴《民兴日报》，署名“黄棘”。作者附记：“我于爱农之死，为之不怡累日，至今未能释然。昨忽成诗三章，随手写之，而忽将鸡虫做人，真是奇绝妙绝。辟历一声，群小之大狼狈。今录上，希大鉴定家鉴定，如不恶，乃可登诸《民兴》也。天下虽未必仰望已久，然我亦岂能已于言乎？二十三日，树又言。”《鲁迅日记》1912年7月19日记：“晨得二弟信，十二日绍兴发，云范爱农以十日水死，悲夫悲夫！君子无终，越之不幸也，于是何几仲辈为群大蠹……”当时鲁迅任职北京的教育部，周作人在绍兴。

范爱农其人其事，参见《朝花夕拾·范爱农》。

《鲁迅日记》1912年7月22日记：“大雨，遂不赴部……夜作均言三章，哀范君也……”可见“风雨飘摇日”乃为纪实。鲁迅1912年5月随教育部由南京迁北京，7月知范死，作诗纪念，这段时间于新生的中华民国也确实如《诗经·氐浩》说的那种“风雨所飘摇”的光景。

“颠”为头顶，“华颠萎寥落”指范爱农不仅早生华发，所余也枯萎脱落，诗人以此感叹范的坎坷。《晋书·阮籍传》说“籍能为青白眼，见礼俗之士，以白眼对之”；杜甫《缚鸡行》：“鸡虫得失无了时，注目寒江倚山阁”，“鸡虫”指争夺蝇头小利的世人，而鲁迅所谓“忽将鸡虫做人，真是奇绝妙绝”，则是指他借助谐音双关，用“鸡虫”暗刺为他和范爱农所不齿的过去的同事何几仲之流的“群小”。

《诗经·谷风》：“谁谓荼苦，其甘如荠”，荼为苦菜，人皆苦之，而《诗经》作者不以为苦，甘之如荠，是别有境界，但鲁迅翻转《诗经》的原意，直说世味之苦有如秋荼，人间直道有时而穷，悲叹逝者，也以自况。

鲁迅曾于1912年3月自南京返绍兴省亲，途经杭州，大概于四月会晤范爱农，爱农之死在七月，故曰“三月别”。“畸躬”，即“畸人”。《庄子·大宗师》：“畸人者，畸于人而侔于天”，鲁迅以此感叹范的不能见容于世人。

李白《早春于江夏送蔡十还家云梦序》：“海草三绿，不归国门”，鲁迅用这句成语，回忆自己和范爱农留学日本多年，青春蹉跎，有国难归，几乎“老”于异乡。

“狐狸方去穴，桃偶已登场”，是说浙江地方政治，在辛亥革命之后“换汤不换药”，打走了“狐狸”，一班新的“桃偶”又粉墨登场。《朝花夕拾·范爱农》叙之甚详，并认为这就是范悲观自杀的根源。

身在北京的鲁迅，常常听到绍兴在革命以后的种种不如人意之事，再经好友范爱农之死刺激，就觉得故乡仍然遮蔽在“寒云之下”，犹如寒冷浓黑的长夜。《广雅》：“南方曰炎天”，这联的“故里”“炎天”是一个意思。但“炎”与“凛”对举，范爱农又死在南方故里最炎热的七月，参差对照，更能写出鲁迅此时的心境。

鲁迅于范爱农之死，除愤慨当世，悲悼故人，也有为范感到可惜的意思，所以有“能否涤愁肠”的追问。在《范爱农》一文中，鲁迅“疑心他是自杀。因为他是浮水的好手，不容易淹死的”，“独沉”，即“自杀”。1908年鲁迅写《破恶声论》，曾感叹中国“寂漠”，“民救死不给，美人墨面，硕士则赴清冷之渊”，这里的“独沉清冷水”，可以看出用语的一贯。我们读鲁迅的书，常常能够感受到这一特点，就是他的用语具有相当的个人性和前后一贯的连续性，决不随人逐队，轻易染上别人的用语习惯。

鲁迅和范常常在一起喝酒，不免像汉代的曹操那样，“煮酒论英雄”，但鲁迅觉得范原来并非一味悲观、借酒消愁的人，相反倒是看不起酒徒的，而这样一个不肯自弃、“小酒人”的人，最后还是自杀了，可见这中间肯定有一个慢慢放弃的痛苦的心理过程。“把酒论当世，先生小酒人”，是为范爱农“正名”，也是进一步声讨促使范最后不得不自暴自弃的环境之恶劣，下面接以“大圜犹酩酊，微醉自沉沦”，就很自然了。

最后两联，重又感叹斯人已逝，从此永诀，而自己的心情也很不好，轻看生命，如同微尘。鲁迅后来曾写信给台静农，说“现状为我有生以来所未尝见，三十年来，年相若与年少于我一半者，相识之中，真已所存无几，因悲而愤，遂往往自视亦如轻尘”——我们又看到了他用语的一贯性和连续性，而这实乃作家思想谨严、执著深沉的表现。

对于同辈人包括更年轻的文学家的死，无论是死于辛亥之前还是辛亥之后，鲁迅都无比痛惜，这几乎成了他用文学的方式质问现实、反省自己的一个固定的出发点。我们在《野草·秋夜》、在《华盖集续编·记念刘和珍君》、在《南腔北调集·为了忘却的记念》、在《且介亭杂文·忆韦素园》等名文里，都能强烈感受到这股“敬奠”亡灵的情绪。“悼亡”本是中国文学的一个悠久传统，鲁迅很自然地继承了这个传统，并赋予它现代的气息。

何积石印学百咏序

● 胡中行

我与何积石先生有过数面之交，其实较真起来，连数面之交也谈不上，只能说是一面之交，因为数得清的几次见面，都是在公众场合一晃而过的，连一句话都没说，一次手也没握。见过之后，我只知道天底下有个何积石，是刻印章的；他大概也只知道天底下有个胡中行，是个教书的；仅此而已。

真正的交往只有一次，那是去年末今年初在晚报祝鸣华处，三人在一起聊了一小时，彼此留了微信。记得那天是他先走了，他的一些“事迹”都是鸣华告诉我的，细节记不住，只知道他在当今印坛算是个人物。那次之后直到今天，我们又是未曾谋面。

但是要感谢现代化，我们在微信朋友圈里有了一些互动，我看了他的佛像印，也看了他的部分书画和诗歌，感觉蛮好，而他对我的感觉大概也不差。总之是彼此看着顺眼。一个多月前，他发来微信说，自己的《印学百咏》即将付梓，问我能否为他写个序。我很干脆地回答说“好”，并且承诺国庆期间交稿，现在想来，当时答应得有点草率了。因为自己对印学一窍不通，甚至连个“门外汉”都不如，因为在这个领域我根本就是“不得其门”的。但是“君子重诺”，这篇序言还是非写不可了。好在看了积石的大作之后，我的确有些话想说。

通读了全书，我的结论是：这是一本值得看，值得收藏的好书。好就好在它为怎样才能成为当代艺术家提供了一些探索，也为怎样才是真正意义上的当代艺术家提供了一些思考。

我读这本书，首先感受到的是书中的学术性，一百零八首诗，分别从印式、印史、印人、印话四方面论印，名副其实地体现了“印学”的主旨。从传统意义上说，任何艺术都有“家”与“匠”的区别，而能否做到“知行并举”，即理论与实践相统一，则是两者分野的重要标志。就印坛而言，先贤自不必说，即以当今大家而论，亦多有印学著作、论文或观点传世者，如韩天衡的《中国印学年表》《天衡印谭》《印学三题》、刘一闻的《中国印章鉴赏》《一闻印话》、童衍方的《篆刻刀法常识》等等，这些著作昭示着大家之所以成为大家的理由。我说句比较武断的话，一位治印者，如果只有印谱而无印学传世，或可成名家而断不会成大家。据鸣华兄说，就印艺论，与积石处于同一层面者为数不少。我则认为，积石凭借这本体现“知行并举”实力的印学著作，或可脱颖于其中吧？

我读这本书，其次感受到的是书中的艺术性。说到底，这是一本以印学为题材的诗集。古代的艺术家，多有诗书画印并佳者，其中诗的地位比较特殊，因为书画印是艺术，而诗是文学，所以在“诗书画印”的结构中，它是作为一个艺术家的修养或底蕴而存在的，齐白石曾说自己是“诗第一，印第二，字第三，画第四”，其实反映的正是他内心深处对诗的敬畏与向往，这应该是当时艺术家们的普遍心态。但是到了当下，诗与书画印的关系渐行渐远，艺术家不会写诗成了常态。对这种现象，我是这么认为的，作为一个当代的艺术家，你可以不写诗，但不可以不懂诗。因为一个对诗毫无感觉的人，是不可能成为传诸后世的艺术大家的。

在这里，我想别出心裁地以西泠印社历任社长为例，来佐证一下自己的观点：吴昌硕的题画诗自成一家，诗歌造诣自不待说；马衡留有八十多首旧体诗手稿，总体风格雄阔悲壮；张宗祥也是诗词高手，如他的《八十书怀》有云："天怜手眼今如故，料是偿书债未清"，自是佳句；沙孟海存诗不多，但他的自撰联语绝佳，如自嘲："逢人皆债主，无地置闲身"，针对求书者太多的状况而作，写得既真且谑；赵朴初创作甚丰，且工词曲，他的"某公三哭"影响极大。启功的《自撰墓志铭》情理趣味俱足："中学生，副教授。博不精，专不透。名虽扬，实不够。高不成，低不就。瘫趋左，派曾右。面微圆，皮欠厚。妻已亡，并无后。丧犹新，病照旧。六十六，非不寿。八宝山，渐相凑。计平生，谥曰陋。身与名，一齐臭。"使人且笑且悟。饶宗颐是国学大师，仅举一首《泰姬陵》，即可窥斑见豹："名陵风月异朝昏，眉妩遥山带泪痕。莫道霸图今已矣，御街坠叶为招魂。"

我仔细看了积石书中的全部诗作，感觉到诗中有一种情理结合之美，格律严整而灵活，用词无华而准确，意蕴明白而隽永。我特别欣赏写文字演进的那几首，试以《甲骨文字》为例：

卜辞出土撼安阳，刻画天真笔法藏。
犹忆当年龙骨梦，问谁读破古文章。

这首诗首先能使大家看得懂，又能从中学到甲骨的历史与特点，更有自己的思考与观点，确实称得上一首好诗。纵观当今沪上印坛，在吟诗作词方面可与之争锋者寥寥，说他是其中的"第一诗人"恐怕也不为过吧？

读这本书的另一感受是众多书家的参与和捧场，虽然这种形式并不罕见，但真正做到珠联璧合、相映成趣的却不多。以诗书结合为例，"鲜花插牛粪"的现象很普遍。不少名书家抄录拙劣诗，还不自知自觉，这是很令人惋惜的。究其原因，一是书家实在太不懂诗，二是作诗者太无自知之明。这种现象证明了当今传统文化之严重缺失，反过来更证明了积石这本书出得及时，所以弥足珍贵。

盛中之盛三大家的座次

● 孙琴安

自严羽《沧浪诗话》提出“盛唐体”，始有盛唐诗之说，主要以开元、天宝年间诗为主，或有延至代宗永泰年（765）者。如以诗人为标志，则起于张九龄，止于韦应物。后明代高棅又推出其中李白、杜甫、王维、孟浩然、储光羲、王昌龄、高适、岑参、李颀、常建十家诗，以为“此盛唐之盛者也”。也就是我所说的“盛中之盛”。

历来言唐诗者，包括如今的各种文学史和教材，多李、杜并称，或在李白、杜甫之间争高下、比优劣，反把王维撂在了一边，此似不太公允，更不符合三者生前的情况。

李、杜、王生活于同一时代，把他们视为诗中大家，人无异词。若从三人生前的情景来说，王维名声最大，在李白未出川前，王维名满天下，尤为京城贵族所重。就连安禄山也久闻其大名，素爱其才，攻占长安，俘获王维后，就逼迫他出来任官，想利用他的名声和影响为“大燕朝廷”装门面。尽管王维吞药成疾，称病不出，但在刀剑棒戟多次架于脖颈的恐吓威胁之下，只得出任伪职。而此时杜甫还是个无足轻重的普通诗人，被叛军逮捕关入难民营中，与王维的诗名不可同日而语。李白也是初到长安，贺知章读其《蜀道难》，赞叹不已，称其为“谪仙人”，荐之于唐玄宗，应诏进宫供奉翰林，由此才诗名大振。然一年不到，便被赐金放还，星光又有所暗淡。但王维即使在“安史之乱”后，仍星光闪烁，官衔远在李、杜之上。去世次年，代宗皇帝便御批出版他的诗文集，称王维为“天下文宗，位历先朝，名高希代。抗行周雅，长揖楚辞……时论归美，诵于人口”。并以为“天宝中诗名冠代”。也就是说，在王维、李白、杜甫相继去世的代宗年代，仍以王维的诗名为最高，李白次之，杜甫又次之。

不过，随着时间的推移，三人的名次逐渐发生了变化。生前名位最高的王维，只因在安禄山手下做过官，气节不足，故在后世影响渐逊于李、杜。朱熹就曾说：“王维以诗名开元间，遭禄山乱，陷贼中不能死，事平复幸不诛。其人既不足言，词虽清雅，亦萎弱少气骨。”朱是有影响的人物，故自元、白之论出，特别是两宋之后历朝各代，论唐诗之冠，总在李、杜之间论高下，王维反在其后。只有王士禛等少数人仍以王维为尊。也有三人并列者，如明王世贞便以为李、杜、王“真足三分鼎立，他皆莫及也”。陆时雍也认为“王摩诘之清微，李太白之高妙，杜子美之雄浑，三者并称”。清人徐增等也是三家并列，但今人仍多李、杜在前，王维在后。

作家总得靠作品说话。也不能总是李、杜并论，这里不妨加上王维，对生活于同一时代的三大诗人的诗作，来个简要评比。

清人沈德潜说得好：“唐人诗无论大家名家，不能诸体兼善。”王、李、杜三大家自然也不能例外，各有强弱。比较起来，李白最擅长者有二：一为乐府诗，是其终生的成就，《蜀道难》《将进酒》等无人可及，虽用乐府古题，却诗意独创，为已所用；二为五七言绝句，为千古绝句典范。杜甫亦有不少乐府名篇，如《兵车行》《无家别》等，但多即事名篇，自创新题，自为新语，后人称为“新题乐府”，正与李白的古题乐府不同。而王维被弦弹唱的诗则多于李、杜，他的《渭城曲》《九月九日忆山东兄弟》《红豆》等都是当时的流行歌曲，天下传唱。胡震亨《唐音癸签》说：“唐人诗谱入乐者，初、盛王维为多。”可见一斑。故三家乐府诗成就不同，各有千秋，终究以李白为上。五言绝句，王维、李白千古绝调，杜甫不及；七言绝句，李白居前，王维次之，杜甫居后。

若论五言古诗，李、杜居前，王维次之。李犹存古意，杜已为变体。七言古诗，杜甫第一，李白次之，王维又次之。五言律诗，王、孟、李、杜、岑参最为杰出，然毕竟以王维为最，李、杜次之。七言律诗，王、杜在前，李白居后。宋元、明初多以杜甫为第一，自李攀龙推“王维、李颀颇臻其妙，即子美篇什虽众，愦焉自放矣”。世人遂以为王维高于杜甫，后多有争议，直到清人方东树发话，才有定论，他认为唐人七律有二派：“一曰杜子美，如太史公文，以疏气为主，雄奇飞动，纵恣壮浪，凌跨古今，包举天地，此为极境；一曰王摩诘，如班孟坚文，以密字为主，庄严妙好，备三十二相，瑶房绛阙，仙官仪仗，非复尘间色相。”自此以后，争论方休，然毕竟杜高于王。

诗人固有高下之分，又有能否开派之别。如李商隐与杜牧同为晚唐成就卓越的著名诗人，李能开派而成西昆体，杜却不能。再说李白、杜甫、王维三大家，不仅个人成就卓越，特色鲜明，而且还开创了不同的诗风，李以浪漫奔放为主，杜以写实沉郁为主，王以清纯唯美为主。严羽说：“太白有一二妙处，子美不能道；子美有一二妙处，太白不能作。子美不能为太白之飘逸，太白不能为子美之沉郁。”若论诗中之禅意禅味，则李、杜又逊于王。三人各有所能，世人也多以别称来彰显三人的所长与特色，如称杜甫为“诗宰相”，王维为“诗天子”，李白为“谪仙人”，又称李白为“诗仙”，杜甫为“诗圣”，王维为“诗佛”。清人徐增还从天、地、人三者关系，称李白为“天才”，杜甫为“地才”，王维为“人才”。其实，王维生前因与孟浩然、裴迪、丘为、綦毋潜、储光羲多有交往唱和，在其周围已形成这一流派，后钱起等均受其影响，直到清初王士禛倡“神韵说”，仍以王维为宗。杜甫的诗风在身后始得光大，先有元、白倡导新乐府而以杜甫为优，后有王安石以杜为尊，特别是江西诗派以杜为祖，遂成一大流派。唯有李白天马行空，独往独来，后人难以仿佛，只有李贺、苏轼等个别人稍得其近，继者寥寥，故虽开诗风，但以诗派论，则在杜、王之后。

中国历史上曾出现过几次诗歌高峰，但都无法与盛中之盛的三大家相比。历览各代大诗人，从屈原到陆游，多数情况下都是巨星孤悬，唯独此时才是三大巨星同时朗照，与众星辰互相礼赞，共射光辉。这种令人惊叹的现象不得不引人深思。至少可以说明：这是一个对诗歌创作极为有利的时代，具有一个非常和谐的创作环境和良好氛围；也不像一些文学史所描绘的，只有一种流派和思潮在主宰一个时代，或是两种流派和思潮在你争我斗，互相排斥。恰恰相反，盛中之盛的三大家，不仅诗风不同，而且在多元共存中能互相尊重与包容；非但各创诗风，并可把各自的诗风推到一个空前绝后的极致状态，达到一个后人难以企及的高峰。这就更值得我们借鉴，能给我们更多的启示了。

图书在版编目(CIP)数据

诗立潮头 / 上海诗词学会编. -- 上海：上海三联书店，2021.1

(上海诗词系列丛书)

ISBN 978-7-5426-7314-5

Ⅰ. ①诗… Ⅱ. ①上… Ⅲ. ①诗词 – 作品集 – 中国 – 当代 Ⅳ. ①I227

中国版本图书馆 CIP 数据核字(2020)第 265689 号

诗立潮头(上海诗词系列丛书 · 2020 年第 2 卷)

名誉主编 / 褚水敖

主　　编 / 胡晓军

编　　者 / 上海诗词学会

责任编辑 / 方　舟

特约审读 / 周大成

装帧设计 / 鼎　右

监　　制 / 姚　军

责任校对 / 张大伟　王凌霄

校　　对 / 莲　子

统　　筹 / 7312 · 舟父图书传媒工作室

出版发行 / 上海三联书店

(200030)中国上海市漕溪北路 331 号 A 座 6 楼

邮购电话 / 021-22895540

印　　刷 / 上海普顺印刷包装有限公司

版　　次 / 2021 年 1 月第 1 版

印　　次 / 2021 年 1 月第 1 次印刷

开　　本 / 787 × 1092　1/16

字　　数 / 200 千字

印　　张 / 12.5

书　　号 / ISBN 978-7-5426-7314-5/I · 1682

定　　价 / 36.00 元